HEYNE <

Das Buch

Scott McClanahan ist in den Appalachen aufgewachsen, zwischen Hillbillys und Taugenichtsen, Lebenskünstlerinnen und Tagedieben. Als abgehängt könnte man sein Milieu bezeichnen, als arm oder prekär. Aber all das sagt nichts über die tatsächlichen Menschen aus, die dort leben und die Scotts Leben geprägt haben, die ihn zu dem Menschen gemacht hat, der er heute ist. Sie sind mehr als ihre Herkunft und die Vorurteile, die ihnen entgegenschlagen. Es sind Leute wie Naked Joe, Grandma Ruby, Onkel Nathan und all die anderen Durchgeknallten vom McClanahan-Clan.
McClanahan ist ein Virtuose, ein moderner Charles Bukowski und ein Meister der autofiktionalen Erzählung. Seine Geschichten sind herzzerreißend tragisch und herzzerbrechend schön, voller Krankheit, Freude, Tod, Groteske, Begeisterung und Liebe. Dabei trifft er den Kern: den Mensch mit all seinen Fehlern und in seinem göttlichen Glanz.

Der Autor

Scott McClanahan wurde 1978 geboren. Er ist der Autor mehrerer Romane und Erzählbände und lebt in West Virginia.

Scott McClanahan

CRAP

Aus dem amerikanischen Englisch
von Clemens Setz

Wilhelm Heyne Verlag
München

Die Originalausgabe CRAPALACHIA. A BIOGRAPHY OF A PLACE
erschien erstmals 2013 bei Two Dollar Radio, Columbus.

Hinweis zum Originaltitel: Crapalachia = Crap + Appalachia

MIX
Papier | Fördert gute Waldnutzung
FSC® C014496

Penguin Random House Verlagsgruppe FSC® N001967

Deutsche Taschenbucherstausgabe 01/2023

Umschlaggestaltung: Nele Schütz Design
nach einer Vorlage von Sarah Eschbach
Druck und Bindung: GGP Media GmbH, Pößneck
Printed in Germany
ISBN: 978-3-453-42668-9

www.heyne.de

»Geschichtliches und poetisches Bewusstsein sollten einander nicht ausschließen, denn wenn Poesie der kleine, von uns erschaffene Mythos ist, dann ist Geschichte der große, von uns erlebte Mythos, den wir, durch unser Erleben, immer wieder neu erschaffen.«

Robert Penn Warren

EINE KURZE GESCHICHTE DER MCCLANAHAN-FAMILIE

Es waren dreizehn Kinder. Alle trugen Namen, die mit -i aufhörten. Ich konnte nicht schlafen, also holte ich mir die Fotoalben meiner Großmutter und erfuhr etwas über meine Verwandtschaft und die Namen, die alle mit -i aufhörten. Da war Betty und da war Annie und da war Stirley und da war Stanley und da waren Leslie und Gary und Larry und Terry.

Ruby sagte: »Ich mag Namen, die mit -i aufhören.«

Sie wuchsen alle in Danese, West Virginia, auf. Sie aßen Brombeeren zum Frühstück und Brombeeren zu Mittag. Und der Schnee kam im Winter unter der Tür durch. *Scheiße, ist es kalt.*

Mein Onkel Stanley murmelte die ganze Zeit »shiiiiiiit« vor sich hin, und einmal hörte ich ihn eines Nachts im Krankenhaus zu jemandem sagen, dass der Staat West Virginia nun die Helmpflicht für Quadfahrer einführte. Er war total wütend deswegen und sagte zu dem Typen: »Schwule dürfen überall heiraten, aber ich darf nicht mal mein Quad ohne Helm fahren.«

Ich blätterte im Fotoalbum, und da kam meine Tante Betty. Eines Tages war sie bei uns zu Besuch und erzählte uns diese Geschichte über Elgie. Sie nahm dabei kein Blatt vor den Mund. Sie erzählte uns von seinem Kampf um die Pension aus der Bergwerksarbeit. Bevor er endlich eine Antwort erhielt, hatte er sich einige Monate lang herumärgern müssen. Schließlich schickten sie ihm einen Brief, der so anfing: *»Sehr geehrter Mr. McClanahan, wir bedauern sehr, Ihnen mitteilen zu müssen, dass Ihr Antrag abgelehnt wurde. Wir bitten Sie, uns innerhalb von sieben Tagen eine Antwort zukommen zu lassen, damit wir eine neue Anhörung vereinbaren können.«*

Elgie sagte nichts mehr.

Er nahm den Brief mit ins Klohäuschen und wischte sich den Arsch damit ab. Dann steckte er ihn in den Umschlag, versiegelte ihn und schickte ihn zurück. Meine Tante Betty sprach darüber, als wäre das ein durchaus vernünftiges Vorgehen. Ihre vier-, fünf-, sechs- und achtjährigen Nichten und Neffen hörten ihr zu. Und es war eine angemessene Geschichte für achtjährige Kinder.

Wir lernten etwas daraus.

Mein Onkel Leslie war eine harte Sau. Wie hart? Das fragte ich meine Großmutter einmal. Und sie sagte mir, wie hart. Da war ein Typ, der war *Der härteste Mann von Fayette County*: Ex-Häftling, verprügelte jeden, der ihm irgendwie blöd kam. Eines Tages fingen Leslie und Der härteste Mann von Fayette County an zu streiten. Und Leslie zertrampelte Dem härtesten Mann von Fayette County sein dummes Gesicht. Der Grund: Der härteste Mann von Fayette County verwendete in der Gegenwart einiger Frauen andauernd vulgäre Ausdrücke.

Ich fragte Ruby: »Und wie alt war Leslie damals?«

Ruby schwieg, dann sagte sie: »Elf.«

Es gab auch Cousins und Cousinen. Meine Cousine Bonnie etwa, die einen kleinen Sohn von einem Mann namens Ernie hatte. Ernie war im Gefängnis gewesen und verdiente sein Geld mit Hahnenkämpfen. Ich sah die Familie einmal im Pizza Hut, und Ernie hielt den kleinen Paul im Arm und schlug ihm ins Gesicht. PATSCH. PATSCH. Also so richtig hart. Und alle Leute ringsum waren verstört, weil der kleine Paul nicht weinte. Er lachte.

Er lachte, weil er es liebte, ins Gesicht geschlagen zu werden.

ABER HALT!

Es gibt da was, was ihr nie über meinen Onkel Nathan erfahren werdet. Ihr werdet nie wissen, wie lieb er war. Und wie lebendig.

Dann kamen Fotos meines Onkels G. Mein Onkel G. hatte immer versucht, sich umzubringen, aber jedes Mal ging irgendwas schief. Einmal, als er gerade in einer Fabrik im Norden arbeitete und am Eriesee wohnte, kaufte er sich ein Boot und eine Schrotflinte mit Munition und beschloss, sein Leben draußen im See zu beenden, an einem Samstagmorgen. Er verabschiedete sich von all seinen Freunden. Seiner Frau sagte er, das sei jetzt das Ende. Er hatte endlich den Mut dazu. Er wollte, dass die Leute wussten, dass er es diesmal wirklich durchziehen würde. Also reinigte er das Gewehr und ging zu seinem Boot. Er hatte es am Tag zuvor richtig schön hergerichtet. Motor an, und er fuhr hinaus auf den See. Dort saß er, blickte auf das glänzende Wasser ringsum und dachte über sein Leben nach. Er wusste, das war das Ende. Er entsicherte das Gewehr, steckte sich den Lauf in den Mund und drückte den Abzug. Nichts geschah. Er lebte immer noch.

Er schaute nach und sah, dass das Gewehr nicht geladen war. Bei der Reinigung hatte er die Patronen herausgenommen. Die lagen jetzt zu Hause auf seinem Bett. *Shit.*

Also fuhr er mit dem Boot zurück. Er wusste, dass nun alles anders sein würde. Er versuchte nie wieder sich umzubringen.

Es gab Geschichten über kleine Jungen mit Ohrenentzündungen, die Ruby aus Geldmangel nicht zum Arzt schicken konnte. Also drehten und wendeten sie sich tagelang in ihrem Krankenbett, bis ihr Trommelfell *pufff* aufplatzte und sie nichts mehr hörten. *Was hast du gesagt?*

Als er neunzehn war, arbeitete mein Vater bei Kroger. Eines Tages bei der Mitarbeiterbesprechung nannte der Geschäftsleiter die Namen einiger Typen, die eingebrochen waren und irgendwelches Zeug mitgenommen hatten. Der Name eines Einbrechers war: »Stanley McClanahan.«

Dann fragte er, ohne nachzudenken, meinen Vater: »Kennst du den, Mack?«

Mein Vater sagte: »Ja, das ist mein Bruder.«

Da wurde es still im Raum. Später entschuldigte sich der Geschäftsleiter bei meinem Vater.

Da war mein Onkel Grover, der an Depressionen und Schizophrenie litt. Anstatt dass jemand mit ihm zum Arzt ging, schickte man einen Heilprediger zu ihm. Sie hielten ihn fest und versuchten, die in ihm steckenden Dämonen auszutreiben. So wurden diese Dinge erledigt. DÄMONEN.

Es gab ein Foto von Elgies Familie – alle elf standen in einer Reihe, und ich fragte meine Großmutter: »Wer ist das, und wer ist das?«

Sie sagte: »Ach die, ja, sie hat sich umgebracht.«

Und ich: »Und das hier, und wer ist das?«

Ruby sagte: »Oh, das ist die, ja, die hat sich umgebracht.«

Von elf Kindern hatten fünf Selbstmord begangen.

Also fragte ich: »Okay, aber was ist mit Elgies Vater passiert?«

Sie sagte: »Oh, eines Tages schaukelte er das Baby auf seinem Schoß, und dann legte er das Baby weg und ging hinaus hinters Plumpsklo.« Den Rest flüsterte sie, damit Nathan es nicht hörte: »Und dort hat er sich erschossen.«

Ich blätterte im Fotoalbum und sah alles genau vor mir. Einige von meinen Familienmitgliedern blieben hier und bekamen Kinder, andere zogen an weit entfernte Orte, etwa nordwärts nach Flint, Michigan, oder nach Cleveland, Ohio, und dort arbeiteten sie in Fabriken. Einige arbeiteten für General Motors in Flint, Michigan, und andere in den Stahlwerken in Cleveland, Ohio. Und die jungen Frauen gingen nach Washington, DC, und wurden Sekretärinnen. Und andere blieben hier und wurden verurteilte Verbrecher, und einer heiratete eine Lehrerin namens Audrey Karen und hatte mit ihr ein Baby namens Scott. Und andere heirateten Frauen, die von weit her kamen, mit einem anderen Akzent, und selbst die Kinder hatten andere Akzente. Und sie zogen weit weg, nach San Francisco, Kalifornien, und Washington, DC, und Richmond, Virginia. Und New York. Und sie trafen nie mehr aufeinander und taten, was alle tun, und verkörperten alle diese alte langweilige scheiß Geschichte. Eine Geschichte voller Tod und Sterben, Leben und Erleben, Titten und Arsch und Eier und Schwänze und Muschis. Eine ur-ur-uralte Geschichte, die immer gleich beginnt: Und sie zeugten und sie zeugten und sie zeugten.

Eine Million wahnsinnige Säuglinge explodieren aus unserem Lächeln und verteilen sich wild brüllend über die ganze Welt: Ahhhh-hhhhhhhhhhhhhhhhhhhhhhhhhhhhhhhhhhhhhhhhhhhhhhhhhhhhh-hhhhhhhhhhhhhhhhhhhhhhhhhhhhhhhhhhhhhhhhhhhhhhhh!

SHIT!

EINE EPISODE, DIE RUBYS CHARAKTER NÄHER BESCHREIBT

Nach ihrer Operation wollte ich sie nicht sehen, aber Ruby sagte, ich muss. Man hatte ihr am Tag davor einige Gallensteine entfernt, und nun saß sie zu Hause aufrecht in ihrem Bett, neben ihr auf dem Tisch so eine Tablettendose aus Plastik. Ich ging auf sie zu, langsam, ängstlich, mit Kleinkind-Trippelschritten, sie ganz aufrecht und gepolstert im Bett, und ich machte einen langsamen Schritt seitwärts, dann noch einen und noch einen. Sie nahm die Tablettendose und schüttelte sie vor meinem Gesicht. Es klapperte wie eine Klapper, aber der Inhalt war ungewöhnlich.

»Was ist das, Grandma?«

Sie hielt die Dose noch einmal in die Höhe und sagte: »Meine Gallensteine. Einundzwanzig insgesamt. Der Arzt hat sie rausgeholt, und ich hab sie mitnehmen dürfen. Außer den größten, den musste ich dort lassen. Er hat gesagt, der ist für seinen Schreibtisch.«

Dann schüttelte sie die Dose vor meinem Gesicht *a rat a tat tat* und sagte: »Die kommen ins Blumenbeet.«

Dann gab sie mir die Dose und sagte, ich solle sie ins Blumenbeet legen. »Aber nicht, dass du sie aufisst, Todd!«

Ich schüttelte meinen Kopf, als redete sie verrücktes Zeug.

Dann ging ich zum Fenster, öffnete die Dose und drückte die Gallensteine in die Erde, bis auf den Boden eines Blumentopfs. »Da wächst nichts«, sagte ich. Sie sagte, sie würden schon aufgehen. Ich glaubte ihr nicht.

Am nächsten Tag begann eine Blume im Topf zu blühen.

Und jetzt …

EINE ZWEITE EPISODE, DIE RUBYS CHARAKTER NÄHER BESCHREIBT

Ich weiß nicht mehr, wer sich für Aids den Namen *Aids* ausgedacht hatte, jedenfalls hasste meine Großmutter das Tier. Sie sagte immer: »Geh weg von den Schweinen«, aber Aids der Kater hörte nicht auf sie. Er war total Aids: große haarlose Stellen überall, ganz ausgemergelt und mager, immer fünf Minuten vorm Sterben.

Eines Tages waren wir wieder einmal im Hof Schweine füttern, und sie sagte wie gewöhnlich zu Aids, er solle nicht immer zu den Schweinen hin, aber er hörte nicht auf sie.

Natürlich stahl Aids den Schweinen das Futter. Im Futtertrog, aus dem immer der dicke fette Eber fraß, war ein Astloch, da steckte Aids seinen Kopf durch. Fetter Daddy-Keiler mit der Schnauze im Trog – Aidskater Kopf durchs Loch, schlabbert den Brei. Er tat es einmal. Zweimal. Dann ein drittes Mal. Er steckte seinen Kopf durch das Loch und holte sich Brei mit der Pfote.

»Geh da weg«, warnte Ruby ein letztes Mal.

Aber er tat es wieder und blickte zu uns, gierig grinsend.

Irgendwann hatte der dicke fette Eber genug und hob sein Maul und biss den Kopf von Aids einfach ab – *schnapp*. Der Katzenkörper fiel rückwärts, krampfte und beinelte und zuckte, und der Eber mampfte und schlang. Ruby sagte nichts mehr. Sie fütterte weiter die Schweine, und als wir fertig waren, setzten wir uns auf die Veranda und schauten den Kolibris zu, die uns umschwirrten. Es fühlte sich friedvoll an.

Also fangen wir noch einmal an, mit dem ersten Kapitel.

DAS ERSTE KAPITEL

Mit vierzehn zog ich zu Ruby und meinem Onkel Nathan.

Ungefähr zu dieser Zeit verdarb mir Ruby meinen Geburtstag, indem sie Brustkrebs bekam. Ich weiß noch, ich war in der Küche, als sie es mir erzählte. Sie blickte mich an, dann fing sie zu schreien an: »Oh Lordie!«

Der Arzt in Beckley hätte ihr gesagt, sie habe Brustkrebs und müsse sterben, wenn sie sich nicht die Brust entfernen ließ.

Am Abend kam uns Onkel Stanley besuchen. Ich erzählte ihm, dass Ruby Krebs hatte und bald sterben würde.

Er flüsterte nur »Shit«, dann rief er den Arzt an, und es stellte sich heraus, dass sie gar nicht Brustkrebs hatte, sondern einfach eine Geschwulst, die *möglicherweise* bösartig werden könnte.

Der Arzt meinte, man könne das gut mit einer Salbe behandeln.

Aber sie wollte trotzdem, dass jeder glaubte, sie habe Brustkrebs.

In den nächsten Monaten nervte sie den Arzt so lang, bis er irgendwann einwilligte, ihr die Brust zu entfernen, als Vorsichtsmaßnahme. Sie ließ ihn wissen, Brustkrebs liege bei uns in der Familie. Was gelogen war.

Mein Onkel Stanley stellte sie zur Rede.

Ruby verteidigte sich: »Mir geht's doch nur darum, nicht am Krebs zu sterben.«

Stanley sagte: »Meine Güte, Mama, du hast doch gar nicht Krebs! Hab doch den Arzt gefragt. Das ist nur eine Geschwulst, und die ist zum jetzigen Zeitpunkt gutartig.«

»Aber wie ich mit ihm geredete habe, hat er gesagt, er schneidet sie weg. Als Vorsichtsmaßnahme.«

Stanley sagte wieder »Shit«. »Ja natürlich hat er das zu dir gesagt. Scheiß Chirurgen. Die schneiden Dinge weg. Chirurgen sind die schlimmsten Menschen der Welt. Wenn du ihnen vorschlägst, irgendwas von deinem Körper wegzuschneiden, dann machen sie das sofort.«

Am Tag nach der Operation warteten wir vor ihrem Zimmer auf der Intensivstation.

Die Schwester trat heraus, in der Hand einen Behälter voll mit einer bräunlichen Substanz, die aus Rubys Körper gekommen war. Dann durften wir zu ihr. Wir versammelten uns um ihr Bett. Sie lachte und strahlte, in ihrem Arm Infusionsschläuche.

Sie zog den Kragen ihres Operationshemds herunter und zeigte uns die Stelle. Verbandszeug, Nähte, eingesunkene Haut. »Man hat's nicht leicht als kranke alte Frau«, sagte sie.

Onkel Stanley schüttelte den Kopf und flüsterte »Shiiit«.

Für mich sah meine Großmutter vollkommen schief aus. So zerschnitten und reduziert.

Aber dann deutete sie rüber zu der alten Frau im Nebenbett. Die Frau lag da, ohne irgendwas zu sagen. Sie starrte nur zur Decke.

Ruby fing an, uns von ihr zu erzählen. »Die arme Frau weint und weint immer nur, die ganze Nacht über.« Und dann fügte sie, laut genug, dass die alte Frau es hören konnte, hinzu: »Sie weiß noch nichts davon, aber ich hab gehört, was die Schwestern gesagt haben, als sie sie gebracht haben. Voller Tumore ist sie, das arme Ding. Die Familie hat's ihr noch nicht gesagt. Sie hat nur noch ein paar Wochen, höchstens.«

Tante Mary machte »Schschsch«, damit Ruby leiser sprach. Da öffnete die alte Frau, die vorher noch total leblos ausgesehen hatte, die Augen und schaute drein, als wollte sie sagen: »Was zum Teufel haben Sie grade gesagt? Ich liege im Sterben?«

Natürlich hätte es uns nicht sonderlich überraschen sollen, dass Ruby am selben Abend, als wir zur Besuchszeit ins Zimmer kamen, gerade dabei war, einen Quilt zu verkaufen. Sie war immer noch mit Verbandszeug umwickelt, aufrecht im Bett, am Telefon mit einer Frau, die im vierten Stock lag. »Also, wenn Sie diesen Quilt wollen, dann rufen Sie am besten gleich Ihre Tochter an, damit die das Geld bringt. Ja, ich weiß schon, dass Sie nicht gehen können, aber irgendeinen Weg finden Sie schon. Ich bin in Bett Nr. 2.«

Aber da kam eine Schwester ins Zimmer und fing an zu schimpfen:

»Mrs. McClanahan, Schluss jetzt mit dem Telefonieren und Quiltverkaufen, man hat Ihnen gerade erst eine Brust entfernt, Sie müssen sich ausruhen.«

Sie nahm Ruby den Hörer aus der Hand und legte auf.

»Es ist nicht erlaubt, dass Leute hier ins Krankenhaus herkommen, um Käufer für ihr Zeug zu finden. Das gilt auch für Sie und ihre Quilts.«

Die Schwester verließ das Zimmer, und Ruby zeigte uns die Genesungskärtchen, die sie von Bekannten erhalten hatte.

Eine Karte kam von Mae und eine andere von Geneva, auf der stand »Gute Besserung«. Dann noch eine Karte von Leslie und Bernice, und die Blumen waren von Stirley und Brenda.

»Ich glaub nicht, dass irgendwer hier schönere Karten hat als ich«, sagte Ruby. »Als Mae heute Morgen hier war, sagte sie, dass sie noch nie so viele Karten und Genesungsgrüße auf einem Haufen gesehen hat. Eine Frau von der Altenpflege war hier, die sagte, sie hätte schon mehr Karten auf einem Haufen gesehen. Aber die ist bloß neidisch. Sie hatte einen Herzinfarkt letztes Jahr und hat kaum welche bekommen.«

Sie nahm eine Karte und hielt sie in der Hand. Da auf ihr nur *Ruby* stand, strich sie den Namen mit einem Bleistift durch, damit man die Karte wiederverwenden konnte, für wenn jemand Geburtstag hatte. Sie gab mir die Karte und sagte: »Alles Gute zum Geburtstag.« Ich war gerade vierzehn geworden.

Als wir danach von allen Seiten über Rubys wundersame Heilung vom Krebs hörten, hätte uns auch das nicht weiter wundern sollen. Eines Tages war sie gerade von einem ihrer Seniorentreffen nach Hause gekommen. Sie saß im Lehnstuhl, auf ihrer Brust ein Breast-Cancer-Survivor-Anstecker, den sie andauernd bewunderte. »Ich liebe meinen kleinen Anstecker.«

Dann lächelte sie, tippte den Anstecker an und sagte: »Sie haben eine Feier für mich organisiert im Seniorenzentrum, und ich hab das hier bekommen, weil ich überlebt habe!«

Meine Tante Mary hatte die Nase voll.

Sie sagte zu Ruby, sie solle aufhören, so einen Anstecker zu tragen und Leuten zu erzählen, sie habe Krebs gehabt. Der Anstecker sei für Leute, die wirklich überlebt hatten. Nicht für jemanden, der bloß allen erzählte, er hätte überlebt. Es sei ein Wunder, dass der Chirurg nicht verklagt worden sei.

Ruby saß da und dachte nach. Dann sagte sie: »Eine von diesen gehässigen Frauen im Seniorenzentrum hat das auch gesagt, aber was weiß die schon?«

Und dann fügte sie ihren Refrain hinzu: »Abgesehen davon war die Operation eine Vorsichtsmaßnahme!«

Ruby saß lange auf ihrem Platz, grübelnd, und kam schließlich auf diesen Gedanken: »Ach, die armen Leute. Als könnte man nicht einmal aus dem eigenen Haus gehen, schon passiert irgendwas Fürchterliches.«

Sie dachte an all die Menschen, die sie kannte, denen irgendetwas Grauenvolles zugestoßen war.

Sie erzählte von dem kleinen Mädchen, dem ein Rasenmäher mehrere Zehen abgetrennt hatte. Und von meinem Einzug bei ihr.

Oder von ihrer Cousine, die, während sie im Auto auf der Straße fuhr, von einem Erdrutsch zu Tode gequetscht wurde. Oder von einer ihrer Freundinnen, der man das entstellte Bein amputiert hatte und die ihr Haus nun nicht mehr verlassen konnte.

Ihr Blick sagte: *Wenn du aus dem Haus gehst, passiert irgendwas Schlimmes, Hurrikans, Erdbeben.* Und dann veränderte sich ihr Blick ein wenig in: *Eines Tages wird uns allen irgendwas Schlimmes passieren.*

Und wisst ihr was?

Es wird passieren.

… wenn nicht am heutigen Tag, dann am Abend danach.

DER ABEND DANACH

Am Abend danach war wieder der Prediger im Radio. Das bedeutete nur eines: Mein Onkel Nathan würde Bier trinken. Ich versuchte ihm zu erklären, dass das keine gute Idee war, aber er kümmerte sich nicht darum. Er war 52 Jahre alt und wohnte immer noch bei meiner Großmutter. Er war spastisch gelähmt und konnte nicht sprechen. Mit seinem üblichen Stöhngeräusch deutete er auf das Bier und den Schlauch seiner Magensonde. Meine Hände zitterten ein wenig, als ich die Dose öffnete. »Ah, ich weiß nicht, Nathan. Grandma wird so wütend sein. Sie war doch gerade erst im Krankenhaus, ihre Nerven...«

Nathan hob seine Hände und deutete in die Ecke des Zimmers, wo Ruby wieder an ihren Quilts nähte, und dann ließ er die Finger flattern, um einen plappernden Mund zu imitieren. Er meinte, sie rege sich doch dauernd über irgendwas auf.

Er wies mich auf den Teddybären-Pullover hin, den er trug. Den hatte sie ihm heute Morgen angezogen, und er war immer noch sauer deswegen. Er machte ein Geräusch wie »guup up«, was so viel wie »Scheiß auf Ruby, ich bin ein erwachsener Mann, und die zieht mir einen Teddybären-Pullover an« bedeutete.

Also entfernte ich den Klebverschluss der Sonde und zog den Schlauch heraus.

»Soll ich wirklich?«, fragte ich. Ich näherte die Bierdose der Mündung.

Er deutete auf den Schlauch und gestikulierte: *Jetzt mach schon.*

Er tippte sich an die Schläfen, um anzudeuten, dass er nicht dumm sei. Wozu das Bier mühsam Schluck für Schluck trinken, wenn man ein Sixpack direkt in den Magen leeren und dadurch viel schneller in den Blutkreislauf bekommen konnte? Also schüttete ich ein Bier in den Schlauch, dann noch eines. Ich öffnete ein weiteres und noch eines. Dann den Rest. Er grinste und rülpste. Es roch nach einem Bierrülpser.

Ich reinigte die Magensonde, verklebte den Zugang und zog den Teddybären-Pullover wieder über seinen Bauch. Nathan deutete in Richtung Radio. Er wollte den Prediger hören.

»Ach, verdammt«, sagte ich, »ich mag mir den Prediger heute Abend lieber nicht anhören, Nathan.«

Aber er bestand darauf.

Er wedelte mit den Armen, und währenddessen sprach der Radioprediger über das Feuer der Hölle und die Verdammnis und den Tag des Jüngsten Gerichts, der uns alle erwartete.

Nathan schüttelte seinen Zeigefinger in Richtung Radio: *Genau. Der sagt's, wie's ist. Der gibt's ihnen, den ganzen Wichsern.*

Ich legte die leeren Bierdosen in eine Tüte, die ich draußen versteckte.

Das war auch gut so, denn wenige Minuten danach kam Ruby ins Zimmer. Sie hatte immer noch die Nähte drin und trug Verband, aber sie konnte schon wieder selbstständig herumlaufen. Sie sagte: »Ganz genau, Nathan – der Herrgott nimmt dich bald zu sich.«

Nathan liebte es, den Radioprediger bei seinen Verwünschungen anzufeuern. Eine andere Leidenschaft von ihm war Benny Hinn. Er deutete auf den Tisch, wo ein Benny-Hinn-Buch lag.

Dann deutete er in die Luft.

»Was meinst du?«, fragte ich.

Ruby sagte: »Oh, er spricht von dem kleinen Mädchen, das der Prediger neulich geheilt hat. Die war arm, ganz verkrüppelt und konnte nicht mal gehen. Der Prediger hat für sie gebetet.«

Nathan nickte und deutete auf sein Auge. Das bedeutete: *Ich hab's selbst gesehen.*

Ruby sagte: »Er war so aufgeregt, dass er gar nicht schlafen konnte – das arme Kind.«

Ich sagte zu Nathan, dass ich nicht an Prediger glaubte.

Er warf seine Hände in die Höhe, stöhnte und deutete auf seinen Kopf, um zu sagen, dass es aber die Wahrheit sei.

Ich sagte: »Ach, zum Teufel, Nathan, diese Prediger ziehen doch nur den Leuten das Geld aus der Tasche. Du kennst doch den Blues, I'm gonna join the Baptist Church / You know I wanna be a Baptist preacher / Just so I won't have to work.«

Ich musste kichern. Und griff nach dem Tischtuch. »Wird schon einen Grund haben«, sagte ich, »warum du dein Geld versteckst.«

Damit zog ich das Tischtuch beiseite, und tatsächlich lagen da immer noch die Fünf-Dollar-Scheine, die er dort verborgen hielt.

Nathan lachte und kicherte, weil ich wusste, wo er sein Radiopredigergeld bunkerte.

Es war unser kleines Geheimnis.

Im Radio schrie immer noch der Prediger. Ich half Ruby beim Verstauen ihrer Puppen. Sie hatte sie heute Vormittag angesehen.

Während wir ihren Puppenschrank gemeinsam Stück für Stück durchgingen, sagte sie auf einmal: »Pssst.« Also hielt ich inne, und sie erklärte mir: »Weißt du, Nathan hat dem Radioprediger diese Woche fünf Dollar geschickt. Und jetzt hört das arme Kind die Sendung, um zu erfahren, ob er namentlich genannt wird.«

Darüber musste ich lachen. Im Radio nannte der Prediger die Namen all der Kranken und der Sterbenden und der Toten – jener, die gerade verstorben waren, und jener, die kurz davor standen.

Er nannte all die Namen, damit die Menschen sie in ihre Gebete einschließen konnten.

Lasset uns denken an unsere Schwester so und so in Beckley, die gerade eine Operation überstanden hat.

Und lasset uns denken an unsere Schwester so und so, die an Arthritis leidet und uns geschrieben hat mit der Bitte, für sie zu beten. Lasset uns denken an den Hot-Dog-Verkaufsstand bei der Kirche. Lasset uns denken an unsere Schwester so und so, die seit letzter Woche Herzprobleme quälen.

Ruby flüsterte: »Ich glaube, er wird ihn gleich nennen.«

Wir lauschten beide.

Wir schlichen zurück in die Küche.

Der Prediger sagte: »Aber besonders möchte ich an einen ganz speziellen Zuhörer unserer Sendung denken.«

Nathan lauschte.

Wir lauschten.

Und dann …

»Ganz besonders möchte ich euch bitten, an den kleinen Nathan McClanahan zu denken, der mit seiner Mutter in Danese, West Virginia, lebt. Nathan ist spastisch gelähmt, aber er hört uns jede Woche zu. Er liebt unseren Herrn Jesus Christus und hat uns fünf Dollar geschickt. Seine Mutter erholt sich gerade von einer Operation.«

Nathan begann, laut zu lachen.

Lachte und lachte und hörte nicht auf.

Er stampfte mit dem Fuß auf und warf seinen Kopf hin und her.

Ruby klopfte ihm auf die Schulter: »Ja, Nathan! Der Prediger hat dich im Radio genannt! Hab ich's nicht gesagt? Ich hab dir doch gesagt, er macht es. Immerhin fünf ganze Dollar.«

Nathan saß am Tisch und gab keinerlei Laut mehr von sich. Dabei hatte er diesen schelmischen Ausdruck im Gesicht. Für einen Augenblick war ich mir selbst nicht mehr sicher, ob er an all das glaubte oder nicht. Er glaubte auf jeden Fall an Sixpacks, die in Magensonden geleert wurden. Aber ob er an den Himmel und die Macht des Glaubens und durch die Luft fliegende Seelen und den guten Hirten Jesus Christus glaubte, wusste ich nicht. Vielleicht hatte er einfach seinen Namen im Radio hören wollen.

Er blickte drein, als wäre er jetzt berühmt.

Als müsste nur noch ein Tag vergehen, und er würde mit Filmstars abhängen und mit Supermodels schlafen. Er war berühmt, und ein berühmter Mann trägt keine Teddybären-Pullover. Er war jetzt mit der absolut berühmtesten Person auf der ganzen Welt befreundet: mit Gott.

Am Abend rollte ich ihn ins Wohnzimmer, damit er den Prediger Benny Hinn sehen konnte. Ich schaute mir die Sendung mit ihm an.

Benny Hinn trug einen weißen Anzug und hatte einen Comb-Over. Ein kleines Mädchen mit Beinschienen kam zu ihm auf die Bühne. Er fragte sie nach ihrem Alter, und sie sagte: »Neun.«

Sie war kurz davor, in Tränen auszubrechen, also kniete er sich hin, sprach mit ihr und sagte ihr, sie sei so ein hübsches Mädchen, und der liebe Gott habe sie sehr lieb und Benny Hinn ebenfalls.

Er sagte, der liebe Gott würde uns eines Tages alle zu sich holen und dann müssten wir uns nicht mehr mit diesen Körpern herumärgern.

Nathan warf seine Arme in die Luft, was bedeutete: *Wenn ich irgendwann sterbe, schmeißt mich einfach raus in den Hof, damit die Waschbären was von mir haben.*

Er lachte und beobachtete Benny Hinn, der nun über das kleine Mädchen gebeugt zu beten begann.

Nathan machte die gleiche Geste wie vorhin, was bedeutete: *Aaaaah, ganz genau, wenn ich sterbe, dann schmeißt mich einfach raus in den Hof.*

Ich linste zu Nathan hinüber. Da saß er. Sein Kopf war vorgeneigt. Er betete.

Dann begann er zu kichern.

Er kicherte auch noch, als Ruby ihn zu Bett brachte.

Ich dachte: *Mein Gott, sie behandelt ihn wie ein Kind. Er ist ein alter Mann, aber wenn sie könnte, würde sie ihm immer noch die Brust geben.*

Ich ging zu ihnen und las in einem Buch, während Ruby an Nathans Bett stand und mit ihm sprach.

»Ja, genau, Nathan, alle beten für das kleine Mädchen«, sagte sie.

Nathan deutete mit dem Finger nach oben und schüttelte ihn, um zu sagen, dass der liebe Gott uns bald alle zu sich holen und uns von diesen elenden Körpern befreien werde.

»Ganz genau, Nathan«, sagte Ruby, »der liebe Gott wird das machen. Und er hat uns den kleinen Scott geschickt, damit der auf uns achtgibt.«

Sie deckte ihn zu und gab ihm einen Gutenachtkuss. Dann schaltete sie das Licht aus, und ringsum war nur mehr schwärzeste Landbauerndunkelheit.

Nathan kicherte, als wüsste er etwas, was wir nicht wussten.

Er kicherte, weil wir alle ein Haufen Freaks waren.

Er kicherte, weil er wusste, dass wir die Krüppel waren.

Dann nahm sein Gesicht einen Ausdruck an, als wäre ihm etwas Trauriges eingefallen. Als müsste er plötzlich wieder an Friedhöfe denken.

FRIEDHÖFE

Ich wollte nicht mit zum Friedhof, aber Ruby meinte, ich muss. Sie nervte Onkel Stanley wochenlang, bis er irgendwann sagte: »Ach, verdammt, Mama, die Landstraße da oben ist total kaputt. Was, wenn das Auto stecken bleibt?« Onkel Stanley wohnte ganz in der Nähe, also fiel ihm die Aufgabe zu, uns überall hinzufahren.

Aber Ruby hörte nicht auf. »Oh Lordie, ich würde so gern auf den Friedhof. Wer weiß, wann ich da wieder hinkomme.«

Sie sagte, da oben gebe es ein Grab, auf das sie Blumen legen wolle. Dieses Grab müsse sie unbedingt sehen, bevor sie sterbe.

Schließlich gab Onkel Stanley nach. Er besorgte Plastikblumen aus dem Dollar-Shop und wollte Ruby mit seinem Truck zum Friedhof bringen. Er fuhr runter nach Prince, und wir hörten Radio – 99.5 »The Big Dawg in Country«. *Lord have mercy, baby's got her blue jeans on.*

Wir fuhren durch Orte, in denen Ruby einst Kinder in Bretterbuden zur Welt gebracht hatte, die inzwischen eingestürzt waren, und wo mein Großvater selbst gebrannten Schnaps vertickt hatte. Dann Vollgas den Backus Mountain hinauf, und Onkel Nathan hatte

Mühe, sich mit seinen spastischen Beinen auf dem Sitz zu halten. Dann waren wir endlich oben, am Goddard-Friedhof.

Stanley hielt an einer Kuhweide. Wir stiegen aus.

»Schlimm genug, wenn man hier oben begraben ist«, sagte er, »wozu dann als Lebender herkommen.«

Aber meine Großmutter ignorierte ihn. Sie marschierte über die Wiese. Ich gab auf meine Schritte acht, da mein Onkel Larry hier oben einmal in einen Haufen Kuhscheiße getreten war. In Flipflops.

Ich sagte zu Ruby: »Ich mag keine Friedhöfe.« Sie sagte, das spiele keine Rolle. Obwohl ich erst vierzehn war, könne doch niemand wissen, wann der Engel des Todes mich einsammeln würde.

Vorsichtig stieg ich über einen riesigen versteinerten Kuhfladen, dann über einen zweiten. Onkel Nathan war im Truck geblieben. Er lachte uns aus.

Am Vormittag hatte Ruby mich mit selbst gemachten Erdnussbutter-Karamellen gefüttert und mir erklärt, nichts auf der Welt sei von Dauer.

Jetzt gingen wir an den Gräbern all der Menschen vorbei, die sie gekannt hatte.

Großmutter Goddard und Vater Goddard und Urgroßmutter Goddard und Virginia Goddard.

Und da war ihre Tante Mag Goddard, die sich zu Tode gehungert hatte. Ruby stand vor ihrem Grab und sagte: »Keiner weiß, warum. Sie hat sich einfach in ihrem Zimmer eingesperrt und da zu Tode gehungert.«

Dann ging sie weiter, durch andere Gräberreihen.

»Den Rasen hier könnten sie etwas besser mähen«, sagte sie.

Sie blieb vor einem Grab stehen.

Ich fragte, ob es das ihrer Mutter sei.

Ruby sagte: »Ja, das ist Mommy. Als sie begraben wurde, wollten sie sie zuerst nach Westen hin in die Erde legen. Da hab ich natürlich geschrien und getobt, weil das die falsche Richtung für die Auferstehung ist.«

Dann schwieg sie und zeigte ihr Zahnfleischlächeln.

Dann zum nächsten Grab.

»Schau nur, all diese kleinen Gräber«, sagte sie. Und dann war da eines von ihrem Onkel.

Sie blieb davor stehen und erklärte: »Den mussten sie auf dem Bauch liegend begraben. Er sagte immer, er kann nicht auf dem Rücken schlafen. Also hat er sie dazu gebracht, dass sie ihn verkehrt herum hineinlegen.«

Sie selber könne auch nie auf dem Rücken schlafen, fügte sie hinzu.

Auf ihre Bitte hin entfernte ich das höher gewachsene Gras von den Gräbern.

Sie sagte, ihr komme es so vor, als wäre Sterben das Einzige, was noch getan werde. Heutzutage seien alle Leute bloß damit beschäftigt. Nicht einmal die Rettung komme, wenn sie sie brauche. Ich wusste natürlich, dass die Rettung deshalb nicht mehr kam, weil Ruby sie jeden Tag anrief und klagte, sie liege im Sterben. Wenn sie dann ins Rettungsauto getragen wurde, ging es ihr jedes Mal besser und sie verlangte, dass man sie zum Supermarkt brachte, damit sie Milch kaufen konnte. Schließlich sagte einer der Rettungsfahrer: »Miss Ruby, Sie dürfen uns nur rufen, wenn es einen Notfall gibt. Nicht, wenn Nathan kein 7UP mehr hat. Der Steuerzahler zahlt nicht für Ihre 7UP-Einkäufe.«

Aber ich sagte nichts. Ruby entfernte sich von den Gräbern, und ich bemerkte all die winzigen Parzellen rund um das Grab ihrer Mutter. Hier ein Grab, da ein Grab, grasüberwuchert, mit zerbrochenen Steinen.

»Wer liegt hier?«, fragte ich. »Warum diese vielen winzigen Gräber?«

Ich wusste die Antwort. Es waren Gräber von Babys.

Ich ging weiter. Ruby war in einiger Entfernung zu sehen.

Ihre eigene Mutter hatte ein Baby nach dem anderen verloren, noch eins, und noch eins, und verlor sie immer noch, laufend – umgeben von den Gräbern ihrer Söhne und Töchter, die alle nie als Brüder und Schwestern hatten leben dürfen. Sie waren im Erdreich begraben – dem riesigen Klumpen Fleisch, den wir Erde nennen.

Ich kannte sogar die unbedruckte Seite ganz hinten in der Bibel aus dem Besitz von Rubys Mutter, wo sie alle verzeichnet standen. Ein Datum – Baby gestorben. Noch ein Datum – Baby gestorben. Noch ein Datum – Baby (Mädchen) gestorben.

»Soll ich die Blumen hier hinlegen?«, fragte ich. »Wolltest du die hier besuchen?«

Ruby schüttelte den Kopf.

Sie deutete in Richtung einiger Gräber am Hügelrand: »Nein, die kommen da drüben hin.«

GOTT SEI DANK, dachte ich.

Ruby setzte ihre Gehhilfe in Bewegung. Wir kamen am Grab eines ihrer eigenen Babys vorbei, dann an dem ihres Ehemanns, meines Großvaters Elgie, der an seinem fünften Herzinfarkt gestorben war, als ich drei war.

Aus der Ferne hörte ich Onkel Stanleys Stimme: »Daddy hätte sich in die Hose gemacht, wenn er gewusst hätte, dass du ihn hier bei all den verdammten Goddards begraben würdest.«

Ruby sagte: »Ich wollte ihn nun mal da haben, wo ich ihn haben wollte. Und da hab ich ihn hingetan.«

Mühsam bewegte sie sich vorwärts. Ich folgte ihr.

»Da ist das Grab, zu dem ich wollte. Da ist es.«

»Wer ist es?«, fragte ich.

Aber als ich davorstand, sah ich, dass es ihr Grab war. Das Grab von Ruby Irene McClanahan, geboren 1917, gestorben –

Auf dem Stein war eine Leerstelle für das Todesdatum belassen worden.

Ruby berührte den glänzenden Stein und erklärte, Wallace & Wallace hätten ihr einen richtig guten Preis gemacht. Sie riet mir zu sparen. Es sei eine gute Anlage.

Und sie deutete auf das Grab. Ich sollte die Blumen hinlegen. Ich tat es. Ich legte Blumen auf das Grab meiner Großmutter. Dann fasste sie in ihre Tasche und holte eine Kamera heraus.

»Los, Todd«, sagte sie, »möchtest du nicht neben Grandmas Grab fotografiert werden?« Ich erklärte ihr zum tausendsten Mal: »Ich heiße nicht Todd, Grandma, sondern Scott.«

Onkel Stanley rief: »Mama, jetzt lass den Jungen doch in Frieden. Er will dein Grab nicht anfassen.«

Aber Ruby ließ nicht locker. Sie rief Nathan, der immer noch im Truck saß, er solle herkommen. »Hey, Nathan, willst du nicht vor Mamas Grab sitzen? Es ist so schön geworden!«

Nathan schüttelte nur den Kopf: *fuck, nein.* Und blieb im Auto sitzen.

Ich gab schließlich nach, und Ruby fotografierte mich neben ihrem Grab.

Dann stellte sie sich neben dem glänzenden Marmorstein auf, und ich fotografierte sie.

Durchs Objektiv konnte ich nichts sehen außer Grandma Ruby, die neben ihrem eigenen Grabstein stand.

Ruby Irene McClanahan
Geboren 1917. Dann die Leerstelle.

Da war das Geburtsdatum, und da das Todesdatum, das wir noch nicht wussten, aber dem wir jedes Jahr begegneten, ohne es zu wissen.

Gleich würde ich auf den Auslöser drücken. Ruby lächelte.

Ich sah, wie all die Gräber ringsum sich füllten, und ich sah, dass Ruby hier eines Tages liegen würde, unter der Erde, und dann Nathan und dann Stanley und dann … ich. Und ich sah, wie sie ihr »Oh Lordie« seufzte und erklärte, sie liege im Sterben.

Ich wollte nach Hause. Ich wollte weiter Erdnussbutter-Karamellen essen. Nichts ist von Dauer.

Nachdem ich auf den Auslöser gedrückt hatte, war es, als wäre Ruby schon von uns gegangen.

Es war, als würde sie direkt hier zu sterben beginnen – in Zeitlupe – und als würde sie es am geheimen Geräusch erkennen. Es ist das Geräusch, das wir alle hören. Es klingt ungefähr so: *tick, tick, tick.*

UND NUN EIN AUGENBLICK, ANHAND DESSEN
WIR UNS AN DAS THEMA DIESES BUCHES
ERINNERN WOLLEN.

Das Thema dieses Buches ist ein Geräusch. Es geht so: *tick, tick, tick, tick, tick, tick, tick.* Du hörst es jetzt ebenfalls. Eines der traurigsten Geräusche der Welt.

TICK, TICK, TICK, TICK, TICK

Mein RC-COLA-Wecker gab nur noch dieses Geräusch von sich. *Tick, tick, tick, tick, tick.* Seit dem Friedhofsbesuch waren einige Wochen vergangen. Wir saßen alle in der Küche, und Ruby blätterte um zu einem Foto von einem Typen, der aussah, als würde er schlafen. Sie grinste, zahnlos, und zeigte mir ein Bild von einem anderen Typen, der ebenfalls schlief. Dann noch eines und noch eines. Ich dachte: *Warum schlafen die alle?*

Sie fuhr mit den Fingern über die Fotos, und ich begriff ... Die schlafen gar nicht.

DIE SIND TOT.

Also schaute ich mir den einen Mann auf dem Foto genauer an. Sein Gesicht war eingesunken, und seine Hände waren über der Brust gefaltet. Unter den Händen befand sich eine kleine Taschenbibel. Er war wirklich tot. Tot wie Schnee. Ruby erzählte mir seine Geschichte.

Der Mann war der Bruder meines Großvaters Elgie. Er hatte ein Verhältnis mit der Frau eines anderen Mannes in Beckley begonnen.

Dann erwischte der Ehemann die beiden eines Tages.

Ich vermute, der Ehemann wusste, dass da irgendwas lief, und noch bevor Elgies Bruder seine Hose anziehen konnte, hatte der Ehemann schon einen Scheit Feuerholz in der Hand und prügelte Elgies Bruder damit zu Tode. Ruby sagte, es sei unklug, die Hose ganz auszuziehen, wenn man Unzucht treibt, da man sie möglicherweise für eine rasche Flucht brauchen könnte. Dem stimmte ich zu. Ruby hatte das Foto bei seiner Beerdigung gemacht. Sie drehte es um, und da stand sein Todesdatum: 7/8/52.

Dann kam das nächste Bild eines Toten. Diesmal war es eine alte Frau (Rubys Tante Mag), ihr Gesicht zurechtgemacht auf diese spezielle Art der Beerdigungsinstitute. Das Witzige daran war aber die andere Person, die neben ihr für die Kamera posierte. Ein lachender Mann.

»Wer ist denn das?«, fragte ich.

»Oh, keine Ahnung«, sagte Ruby. »Irgendein Mann, den ich gebeten habe, sich neben die hübschen Blumen zu stellen.«

Ich wusste nicht, was ich darüber denken sollte.

Ruby schaute sich all die Bilder der Toten an, und dann sagte sie: »Obwohl natürlich manche finden, dass sich das nicht gehört. Die finden, es gehört sich nicht, Bilder von Toten zu machen.«

Sie blätterte zurück zu dem Bild, das Elgies toten Bruder zeigte.

Dann klappte sie das Album zu und lächelte.

Am selben Abend gingen wir zum Beerdigungsinstitut Wallace & Wallace, um einer Frau, die Ruby gekannt hatte, die Ehre zu erweisen. Es war eine jener Frauen, die eines Tages beim Nachhausekommen von einem einstürzenden Berg begraben worden war. Als Ruby nach einer Weile ihre Kamera aus der Tasche holte, hätte ich die Totenwache am liebsten gleich wieder verlassen. Ich war mit ihr in den letzten Jahren schon auf so vielen Totenwachen gewesen, sogar bei solchen, die zu Hause bei irgendwelchen Leuten stattfanden, was sich »Mit-den-Toten-Sitzen« nannte. Ich erinnerte mich an den Anblick von Menschen, die die Leiche aufrichteten und stützten und ihr das Haar tätschelten und dabei weinten. Sie trugen sie herum und weinten. Vor dem Sarg sitzend, ahnte ich, heute Abend würde irgendwas passieren. Und mir wurde klar, was es war, als meine Großmutter sich zu mir lehnte und sagte: »Mach doch ein Bild für Grandma, ja?«

»WAS?«

Sie deutete auf die Leiche und versuchte, mir die Kamera zu übergeben.

»Mach doch ein Bild für Grandma.«

Oh GOTT nein.

Ich schüttelte den Kopf. Aber sie hörte nicht auf.

Sie hielt mir immer wieder die Kamera hin und sagte: »Komm, mach ein Bild.«

Dann hatte ich die Kamera auf einmal in der Hand und stand auf, obwohl ich gar nicht wollte. Ich wollte nicht vor allen Leuten diese Leiche fotografieren.

In der Ecke saßen ein paar hübsche Mädchen. Sie blickten drein, als wollten sie sagen: *Was macht der da? Hat er vor, eine Leiche zu fotografieren?*

Ein paar Menschen standen um die Leiche herum. Sie hielten und umarmten einander und weinten. All das sah ich – und konnte nicht auf den Auslöser drücken.

Ruby murmelte »Scheiße« und versuchte, meine Cousine Tina zu überreden, die Aufgabe zu erledigen.

»Nimm die Kamera und mach ein Foto für Grandma, ja?«

Ruby deutete auf die Kamera

… und dann auf die Leiche

… und dann auf Tina.

Tina hatte auch keine Lust, eine Leiche zu fotografieren, aber schließlich nahm sie mir die Kamera aus der Hand und stellte sich vor der Toten auf.

»Genau so«, sagte Ruby. »Grandma ist eine arme alte Frau, die nicht gut zu Fuß ist. Hilf doch bitte deiner Grandma und mach das Foto. Aber nicht, dass du die hübschen Blumen abschneidest, da, die hinterm Kopf. Da hat sich jemand sehr viel Mühe gegeben.«

Und so stand Tina da und richtete die Kamera auf die Leiche. Ruby sagte: »Genau so.« Dann machte es KLICK. Alle blickten sich um, um zu sehen, woher das Blitzlicht gekommen war.

Ich hoffte, dass die Sache damit erledigt war, aber es ging noch weiter. Am nächsten Morgen brachte ich den Film in die Drogerie zur Entwicklung, während Ruby an einem ihrer Quilts arbeitete. Als ich nach Hause kam, war sie immer noch dabei, ein neues Stoffstück an den Quilt zu nähen. Ich legte den Film vor ihr auf den Tisch. Man hatte ihn in der Drogerie nicht angenommen. Ich nannte die Begründung.

»Was?«, fragte Ruby.

Ich wiederholte die Begründung: »Sie haben gesagt, sie können keine Bilder von Toten mehr entwickeln. Ist gegen die Richtlinien.«

Ruby schaute vollkommen verwirrt. »Wie, die entwickeln nicht mal Bilder von Toten, die man selber gekannt hat? Ja aber, wie soll man sich dann an sie erinnern? Wie soll sich eine alte Frau an sie alle erinnern?«

»Vielleicht ist es wegen Privatsphäre oder so. Ich bin sicher, die kriegen nicht mehr dauernd Fotos von Toten zum Entwickeln.«

Ruby arbeitete weiter an ihrem Quilt, mit einem merkwürdigen Ausdruck im Gesicht.

Nach einer Weile sagte sie: »Aber das ergibt wirklich keinen Sinn. Das sind ja keine Fremden. Das ist meine Familie.«

Ich zuckte mit den Schultern, während Ruby die Nadel durch den Stoff zog und sagte: »Das ergibt wirklich keinen Sinn. Früher hab ich die immer entwickeln lassen.« Sie schwieg für einen Augenblick, und dann begann sie mir eine Geschichte zu erzählen, die überhaupt nichts mit irgendwas zu tun hatte …

… Es ging darum, wie sie einst auf dem Pferd bis hinunter nach Prince geritten war, zusammen mit ihrer Großmutter. »Wir sind hausieren gegangen«, erklärte sie.

Sie waren bettelarm, und ich glaube, sie verkauften Eingemachtes in Gläsern – oder Quilts.

Dann erzählte sie, wie sie eines Tages den Berg hinunter nach Meadow Creek geritten waren und auf einmal ein Geräusch gehört hatten, wie von einem jaulenden Tier.

Beim Näherreiten wurde das Geräusch lauter. Es war ein weinendes Baby.

Jemand hatte es fest eingewickelt und direkt am Wegrand abgelegt, damit jeder Vorbeikommende es entdecken würde.

Ruby fragte ihre Großmutter, ob sie anhalten und das Baby mitnehmen konnten.

Aber ihre Großmutter schüttelte nur den Kopf, da sie ja für sich selbst kaum genug hatten, wie sollten sie dann noch ein Baby durchbringen. Sie ließen das Baby da, wo es war. Das Letzte, woran sich Ruby erinnern konnte, war das Weinen des Babys in der Ferne, während sie im Sattel quälend langsam von ihm davonschwebte.

Sie begann mit dem nächsten Stoffquadrat.

Sie betrachtete alle bislang angenähten Quadrate.

Ihr Blick war so traurig. Sie dachte immer noch an die abgelehnten Fotos.

Auch heute, viele Jahre später, wünschte ich, ich besäße Bilder von all den Gesichtern, die ich im Leben gekannt habe. Ich wünschte, ich hätte Bilder von Ruby und ihren Quilts, von Nathan und seinem Teddybären-Pullover, seinem Schnaufen und Stöhnen und seinen Radiopredigern.

Lasst uns, Ruby und Nathan, so tun, als würden wir immer so bleiben. Als müssten wir niemals sterben.

Treffen wir uns heute in eintausend Jahren wieder genau hier, an dieser Adresse. Treffen wir uns in Danese, lebendig statt tot, lebendig statt tot, lebendig statt tot.

*

Ich fühlte mich allerdings ziemlich tot, als Ruby einen Anruf aus der Schule erhielt, mit dem man ihr mitteilte, dass ich schon seit zwei Wochen geschwänzt hatte. Sie sagten, wir würden Schwierigkeiten bekommen, wenn ich nicht am nächsten Tag zum Unterricht erschien. Also ging ich am nächsten Tag hin und freute mich zumindest, so meinen Freund Little Bill zu sehen. Er trug eine Strickmütze. Ich war schon ewig mit ihm befreundet. Die Mütze war an sich keine so große Sache, aber er war mit mir in derselben Mathe-Behindertenklasse, und bei Mrs. Powell, der Förderklassenlehrerin, gab es nur drei Verhaltensregeln. Eine davon lautete: keine Kopfbedeckung. Ich unterhielt mich gerade mit Frog, der mir von seinem Bruder erzählte, der sich wiederum Filzläuse eingefangen hatte. »Meine Mutter hat ihm gesagt, er soll nicht mit diesem Mädchen rummachen.« Frog sagte, es sei richtig traurig. Er erzählte von dem Augenblick, als sein Bruder nach Hause kam und seiner Mutter von den Filzläusen berichtete. Sie war betrunken und empfahl, Insektenspray auf die Stelle zu sprühen. Er wusste nicht, dass es ein Witz gewesen war. Frog lachte. »Also hat er es gemacht. Das Zeug hat sich durch die Haut gefressen, und er hat fast einen Hoden verloren.«

Ich schüttelte den Kopf und lachte. Da erschien Little Bill und setzte sich in die Reihe vor mir. Auf seinem Kopf die Strickmütze.

»Was machst du denn?«, flüsterte ich ihm zu. »Mrs. Powell bringt dich um, wenn sie die Mütze sieht.« Frog machte *Schschsch.*

Allmählich ahnte ich den Grund für die Strickmütze. Little Bill kam aus einer großen Familie, in der jeder einen anderen Nachnamen trug. An manchen Tagen gingen sie mit Strickmützen zur Schule – sogar die Mädchen. Ich blickte nach oben zu den drei Förderklassen-Regeln: 1) Kein Kaugummi. 2) Kein Schwätzen. 3) Keine Kopfbedeckung. Little Bill saß still auf seinem Platz. Zuerst bemerkte Mrs. Powell ihn gar nicht. Sie war vorne am Lehrerinnenpult und füllte irgendwelche Zettel aus.

Eines der Mädchen, Bobbie Jo, zeigte auf. Irgendwas stimmte nicht mit Bobbie Jo. Sie hielt immer Malkreiden in der Hand und tat so, als rauche sie Zigaretten. Und dann aß sie die Kreide auf. Außerdem erzählte sie überall herum, sie habe »einen Ehering von Terry« erhalten. Terry war ein armer Typ, der ebenfalls in die Förderklasse ging. Entweder erzählte sie das oder »Ich setz mich auf Terrys Gesicht«. Terry sagte nie irgendwas. Einmal hatte ich gesehen, wie ein Typ namens Jody sie anspuckte. Sie trug eine Brille, und der Schleimbatzen traf genau das Brillenglas. Er lief daran herunter. Bobbie Jo weinte und weinte. Nach dieser Erfahrung verpfiff sie alle Leute bei jeder Gelegenheit.

»Mrs. Powell, ist es nicht verboten, dass jemand während der Stunde eine Kopfbedeckung trägt?«, fragte Bobbie Jo, aufzeigend.

Mrs. Powell reagierte eine Weile nicht, aber schließlich sagte sie: »Ja, stimmt. Keine Kopfbedeckung.«

Bobbie Jo beharrte: »Warum darf Lil Bill dann die Mütze tragen?«

So fing es an.

Mrs. Powell blickte auf, und Little Bills Kopf sank ein wenig nach unten. »Bill, nimm die Mütze ab.«

Little Bill tat so, als hätte er sie nicht gehört. Er hielt den Kopf gesenkt.

Mrs. Powell wiederholte: »Bill, nimm die Mütze ab.«

»Ich kann nicht.«

Mrs. Powell ging zu ihm. »Was hast du gesagt?«

»Ich kann nicht.«

Wir alle hatten Mitleid mit ihm.

Mrs. Powell wiederholte: »Was hast du gesagt?«

»Ich kann nicht.«

»Was?«, fragte sie wieder. »Nimm sofort die Mütze ab.«

»Bitte nicht«, sagte Little Bill.

»Nimm sie ab.«

»Bitte …«

»Abnehmen!«

»Bitte nicht.«

»ABNEHMEN!«

Also nahm er sie ab. Er zog die Mütze in Zeitlupe von seinem Kopf. Und da sahen wir den Grund. Sein Schädel war kahl geschoren. Er war glänzend und hellhäutig und so bleich, dass man die Adern unter der Haut sehen konnte.

»Er hat Läuse«, sagte Bobbie Jo. »Seine Mutter zwingt ihn, sich den Kopf zu rasieren, wenn das passiert.«

Eines der anderen Kinder sagte: »Lil Bill, du hast eine Glatze. Hat deine Mutter das gemacht?«

Little Bill versuchte, sich eine Antwort auszudenken. Er wusste, das hier war die neunte Schulstufe. Da war man eigentlich zu alt, um Läuse zu bekommen. Das Einzige, was ihm einfiel, war der Wrestler King Kong Bundy. King Kong Bundy hatte eine Glatze. Und Little Bill hatte eine Glatze. Also sagte er: »Nein, ich wollte wie King Kong Bundy sein. Ich will Wrestler werden. So wie King Kong Bundy.«

Dann wanderte er durch die Klasse, führte uns seine Wrestling-Moves vor und zeigte uns seine Muskeln. Er wollte wie King Kong Bundy sein. Gottverdammt. Er sagte es so, als wäre es die Wahrheit. Als hätte er nie Läuse gehabt. Als wäre die ganze Welt eine riesige dumme Lüge, die er von ganzem Herzen glaubte.

Ich sagte ihm, es sei schon okay. Und ich wiederholte es in der anschließenden Geschichtsstunde. Ich riet ihm, sich einfach zu ducken und in seinem Crapalachia-Geschichtsbuch zu lesen.

Wir lernten etwas über berühmte Unfälle, die in die Geschichte unseres Staates eingegangen waren. Wir lasen über die *James River and Kanawha Turnpike*, eine Einbahnstraße, die neben unserem Haus vorbeiführte. Der Weg nach Westen. George Washington und die Virginier hatten sie gebaut, aber die New Yorker bauten dann den Erie Canal. Die Virginier entdeckten, dass man über den Wasserweg schneller reisen und handeln konnte. Die Virginier verloren. Also wurde New York zu New York. Aber stellt euch vor, wir hätten gewonnen. Stellt euch Crapalachia als Zentrum der Welt vor. Stellt euch vor: Hochhäuser, die aus Bergen ragen.

Ich lernte, dass Gouverneur Arch Moore 100.000 Dollar in einem Kühlschrank in seinem Büro aufbewahrte, da er *cold hard cash* liebte.

Ich lernte etwas über die Kunst des Wahlbetrugs. Der Parteichef sitzt am Ende der Straße in einem Truck, in dem leere Zettel von der Größe normaler Wahlzettel lagern. Der erste Wähler versteckt den leeren Zettel beim Betreten des Wahllokals in seiner Hose. Den echten Wahlzettel, der in der Kabine auf ihn wartet, nimmt er mit. Den leeren Zettel wirft er in die Urne. Er bringt den Wahlzettel dem Parteichef, der füllt ihn nach seinen Wünschen aus und überreicht ihn dem nächsten Mann, der reingeht. Der ausgefüllte Wahlzettel wird in die Urne gesteckt und der unausgefüllte aus der Kabine wieder rausgeschmuggelt. Und so geht das den ganzen Tag. Den ganzen Tag wandern die Zettel rein und raus, und die

Männer werden mit Alkohol bezahlt. Sie werden alle besoffen, und das Wahlergebnis wird ehrlich und anständig beeinflusst. So geht Demokratie.

Frog zeigte auf. »Haben Sie gewusst, dass Charles Manson in West Virginia aufgewachsen ist? Seine Mutter war Prostituierte in Clarksburg.«

Der Lehrer sagte, er solle die Klappe halten.

Alle lachten.

Frog bestand darauf, dass er die Wahrheit sagte.

Dann lernten wir, wie Infrastruktur entsteht. Der *Hawk's Nest Tunnel* wurde gebaut, indem man ein unglaublich riesiges Loch in die Bergflanke bohrte. Für die Arbeiten wurde eine Menge armer Leute eingesetzt. »Arm« bedeutet in diesem Fall entweder dunklere Hautfarbe oder stärkerer Akzent. So kann man das meiste relativ rasch erledigen: indem man es armen Leute zu tun gibt. Und so bohrten sie ewig in den Berg hinein, aber es gab ein Problem. Sie verabsäumten, den Kalksteinstaub mit Wasser zu binden, was bei den Männern zu Staublungen führte. Zuerst starben zehn, dann zwanzig, dann Hunderte und dann – Tausende? Da es arme Leute waren, wurden sie von der Baufirma einfach begraben. Ein paar Jahre später gab es eine Untersuchung, aber die interessierte niemanden mehr. Es waren arme Leute. Die offizielle Todesstatistik gibt 476 an, aber in Wirklichkeit waren über 1.000 der 3.000 Männer innerhalb weniger Tage gestorben.

Und dann lernten wir die Todeszahlen aus dem Kohlebergbau.

1931: 1.456
1932: 1.192
1933: 1.051
1934: 1.214
1935: 1.216
1936: 1.319
1937: 1.399
1938: 1.077

Wir lernten etwas über die Katastrophe von Farmington. Damals stieg Rauch aus den Stollen, und die Ehefrauen der Bergarbeiter rannten zur Mine, um zu sehen, ob ihre Männer verunglückt waren. Die Frauen warteten auf ihre Männer, aber die kamen nicht mehr. Und die Bergbaufirma bezahlte die Männer hinterher nur für einen halben Tag, da sie während der anderen Hälfte bereits tot gewesen waren.

1939: 1.062
1940: 1.361
1941: 1.226

Im Jahr 1922 war der Onkel meiner Großmutter drei Wochen lang in der Layland-Mine verschüttet. Als sie die Leichen herauszogen, fehlten bei einigen die Schuhbänder. Einige Bergleute hatten überlebt. Einige hatten vor lauter Hunger ihre Schuhbänder aufgegessen. Aber sie waren verhungert.

Ich lernte, dass das alles irgendetwas beweist. Es beweist eine Sache. Nämlich, dass die armen Leute nicht besonders intelligent waren.

Nur arme Leute können verzweifelt genug sein, um in einem Loch in der Erde zu arbeiten und dann auch noch Gott dafür zu danken, dass sie in einem Loch arbeiten dürfen.

Dann lernte ich, was passiert, wenn man tapfer ist. William Marland war Gouverneur von West Virginia. Er versuchte, eine Verbrauchssteuer auf Kohle einzuführen, aber die Kohleindustrie machte ihm das Leben zur Hölle. Er begann zu trinken. Irgendwann in den Sechzigern verschwand er einfach. Eines Tages fuhr ein Reporter der Chicago Tribune im Taxi durch Chicago. Ihm fiel der Name des Taxifahrers auf. »Hey, Sie haben ja denselben Namen wie der frühere Gouverneur von West Virginia.«

Der Taxifahrer sagte: »Ich weiß. Ich war das. Ich war Gouverneur von West Virginia.«

Er war ein alter Mann. Er war Alkoholiker. Er hatte versucht, die Einwohner seines Staates zu beschützen. Deshalb war er jetzt Alkoholiker und fuhr ein Taxi in Chicago.

Wir lasen und lernten. Unser Lächeln war das Lächeln von Mördern. In uns allen lauerte das Lächeln von Charles Manson.

Irgendwann im Laufe des Tages sagte einer etwas über Little Bills Glatze und den Läusebefall. Little Bill antwortete nichts, sondern ging zu ihm und knallte ihm eine. Dann bearbeitete er ihn mit Tritten. Er holte gewaltig aus mit seinem Bein – und trat und trat. Der Junge auf dem Boden sagte nichts mehr. Seine Freunde versammelten sich um die Szene. Little Bill lachte sie aus. Mrs. Powell wollte dazwischengehen, aber Little Bill zeigte ihr seine geballte Faust. »Sie sind gleich die Nächste!« Da wussten wir es. Little Bill war dabei, sich in King Kong Bundy zu verwandeln.

Wir wussten, dass wir uns nun ebenfalls Läuse wünschten. Ja, wir wünschten uns, Läuse zu haben und uns den Schädel kahl zu rasieren und dann allen, die uns blöd kamen, die Scheiße aus dem Leib zu prügeln.

DAME

Mit Nathan Dame zu spielen, war langweilig geworden. Schon vor einigen Monaten hatte ich ihm gesagt, dass ich nicht mehr spielen wollte, weil er jedes Mal gewann. Aber jetzt saß ich schon wieder da und spielte Dame.

Ich schlug einen seiner Spielsteine und wartete. Er machte einen Zug, dann machte ich einen. Dann wieder er – und dann deutete er auf die Tischfiguren, die vor ihm standen. Ein Keramikschwein mit riesigen Hoden. Ein Frosch aus Gummi und ein Hündchen aus Plastik und ein kleiner ausgestopfter Alligator. Aber er deutete nur auf die Hoden. Dann deutete er auf sich selbst, auf seine Brust.

Schließlich verlor ich die Geduld: »Mein Gott, Nathan, ich versuche mich hier auf das Spiel zu konzentrieren. Kannst du nicht die Schweineeier in Frieden lassen? Genau wegen so was spiele ich nicht gern mit dir.«

Nathan drehte das Schwein so, dass Ruby sehen konnte, was er meinte.

Er deutete auf die riesigen Hoden und dann auf sich selbst.

»Scheiße«, murmelte Ruby. Dann sagte sie: »Nathan, jetzt hör mit dem schmutzigen Gerede auf. Du immer mit dieser schmutzigen Figur.«

Nathan lachte, deutete auf das Keramikschwein und dann auf sich selbst, was bedeutete: *Ich hab genauso riesige Eier, Mutter, was willst du dagegen unternehmen.*

Ich machte meinen Spielzug. Nathan war immer noch am Kichern. Er deutete auf die Zeitung. Dann auf seinen Finger. Er sagte damit: *Ich hol mir eine Frau aus der Zeitung, ohne Ring am Finger.*

Dann breitete er seine Arme weit nach beiden Seiten aus.

Ich sagte: »Nathan, du kannst keine Anzeige nach einer riesigen fetten Frau aufgeben. Keine Frau würde je darauf antworten.«

Nathan lachte und streckte seine Arme noch viel weiter aus: *Wenn ich eine Frau kriege, dann muss es die riesigste gewaltigste sein, die ich finden kann. Ich will eine, die so gigantisch ist, dass ich ihren Arsch nicht mal mit beiden Armen umfassen kann.*

Ruby murmelte: »Scheiße.«

Dann hüpfte Nathan mit einem Spielstein über meinen. Und er deutete auf die Zeitung und imitierte Schreibbewegungen. Er meinte damit, dass ich ihm beim Verfassen der Korrespondenz mit der Frau helfen müsse, sobald er mich besiegt hatte. Also übersprang ich einen seiner Steine und dann noch einen und noch einen.

Ich würde gewinnen. Zum ersten Mal sah es so aus, als würde ich in Dame gegen Nathan gewinnen. »Möglicherweise war es gut, ein paar Monate Pause zu machen.«

Vielleicht war seine Konzentration durch das dauernde Angeben getrübt gewesen. Ich schlug einen weiteren Spielstein. »Ich gewinne!«, sagte ich. Und ich bewegte die Dame über seine Steine. Nathan passte gar nicht mehr richtig auf.

Ruby sagte zu ihm: »Du redest so viel daher, dass man dir irgendwann gar nichts mehr glaubt. So wie damals bei Mary.«

DIE GESCHICHTE VON TANTE MARY

Ich hätte mich nie mit ihr in einen Waggon setzen dürfen. Ich jammerte rum, aber meine Tante überredete mich schließlich. Sie sagte die ganze Zeit: »Früher hatte ich Größe 36.« Dann, ein paar Minuten später wieder: »Ja früher, mit Größe 36, da …« Und später wieder: »Weißt du, ich war nicht immer so dick. Früher hatte ich Größe …« Ich wusste, dass das gelogen war, aber ich stieg trotzdem mit ihr in den Waggon. Ich saß rechts von ihr. Das war ein Fehler. Die Fahrt begann, und die Fliehkräfte drückten Tante Mary nach rechts. Meine Hüftknochen wurden zusammengequetscht. Tante Mary hatte keine Größe 36 mehr. Drum hier meine Warnung: Falls ihr je bei der *West Virginia State Fair* seid, fahrt nicht im Tunnel of Love mit Tante Mary. Ich wiederhole. Fahrt nicht im Tunnel of Love mit Tante Mary.

Oder

IHR WERDET ES BEREUEN!

*

Nathan riss seine Arme in die Höhe und deutete dann auf seinen Kopf.

»Ich weiß, ich weiß«, sagte Ruby, »das glaubt einem niemand. Sie hat den armen kleinen Scott fast zu Tode gequetscht.«

Nathan machte einen Zug. Ich schlug seinen Stein. Er machte einen Zug. Ich schlug einen weiteren Stein. Dann noch mal dasselbe. Währenddessen sprach Ruby in ihrer Ecke mit sich selbst: »Aber gut, so geht's in der Welt. Andauernd passiert ein Ding nach dem anderen, ohne Plan dahinter. Und dann passiert irgendetwas, und es bedeutet nichts.«

Nathan machte einen Zug. Ich schlug seinen Stein. Jetzt hatte er nur noch einen Stein. Er bewegte ihn ein wenig mit seinem Finger, aber es waren keine Zugrichtungen mehr übrig. Er ließ den Stein stehen. Dann schlug ich ihn.

Ich hatte gewonnen! Ich wollte schon rufen: »Scheiße, ich hab gewonnen!«, aber dann bemerkte ich, dass er wieder auf die Kontaktanzeigen in der Zeitung deutete. Er wollte, dass ich das Schreiben des Briefes übernahm. Er habe sogar seine eigenen Räder zum Herumfahren, sollte ich schreiben.

»Jaja«, sagte ich. »Aber dafür dominiere ich dich bei Dame!«

Er stellte seine Steine wieder aufs Brett, und wir spielten eine zweite Runde. Er schlug einen meiner Steine. Ich machte einen Zug. Er schlug meinen Stein. Ich machte einen Zug und verlor einen weiteren Stein. Ich wollte ihm sagen, dass genau das der Grund war, weshalb ich es hasste, mit ihm zu spielen. Ich machte einen Zug, er schlug meinen Stein. Er grinste.

An dem Grinsen sah ich, dass er mich vorhin bloß hatte gewinnen lassen. Also saß ich da und schaute ihm beim Gewinnen zu. Er überhüpfte alle meine Steine, einen nach dem anderen. Dann deutete er auf seinen Kopf. Das bedeutete: *Ich bin nicht blöd.*

»Ganz genau, mein Kleiner«, sagte Ruby zu ihm. »Du bist nicht blöd. Die Welt ist blöd, aber du nicht.«

Ich hatte nicht die geringste Chance gegen ihn. Er deutete auf die Zeitung, und ich wusste, ich würde die Nachricht für ihn schreiben:

Du hast in deiner Anzeige erwähnt, dass du eine Frau mit voller Figur bist, die einen Mann sucht, der Frauen mit voller Figur zu schätzen weiß. Es freut mich, dir mitteilen zu können, dass die Frauen für mich wie ein Brathuhn sein müssen – ein bisschen speckig und mit viel Fett um die Gelenke.

Anschließend würde ich über die Größe seiner Eier schreiben (so groß wie Schweinehoden) und über die Tatsache, dass er ein verdammt harter Kerl war.

Er schlug alle meine Spielsteine, und nein, ich würde in der Nachricht nichts über seine Magensonde erwähnen, nichts über ihren Geruch, wenn sein Magen leer war. Ich würde auch nicht erwähnen, dass ich als Kind Angst vor ihm gehabt hatte. Ich hatte ihn für ein Monster gehalten. Ich dachte, *Zerebralparese* sei der Name, den jede Familie ihrem Monster verleiht. Ich würde nichts davon erzählen, wie er sich immer irrsinnig bemüht hatte, mich zum Lachen zu bringen. Ich würde nicht erzählen, wie meine anderen Onkel einmal auf mich aufpassten und mich, da sie mit ihren Freundinnen schlafen wollten, für eine Weile aufs Dach gestellt hatten, das mir viel zu hoch zum Herunterspringen war, aber Nathan so lange stöhnte und grunzte, bis Ruby mich bemerkte und mich vom Dach holte. Ich würde nicht schreiben, dass uns die Leute anstarrten, wenn ich ihn im Rollstuhl durch die Straße schob. Kopfschütteln, Starren. Ich wusste, seine Nachricht würde unbeantwortet bleiben.

Ich wusste, ich würde nichts über Nathans hellblaue Augen schreiben – Augen so blau wie Christbaumlichter.

Ich würde nichts über sein zartes Herz schreiben. Das zarteste Herz, das ich je gekannt habe.

Ich wusste, dass er an etwas glaubte, an das niemand mehr glaubte. An eines der fiesesten Wörter der Welt. An GÜTE. Ich hoffe, ihr erinnert euch an Güte? Nein? Doch, ich wette, ihr wisst noch, was das war, Güte und Freude, ihr abgebrühten Wichser.

*

Nathan begann, Seifenopern zu schauen. Er meinte, die könnten ihm etwas über Frauen und Liebe beibringen. Jeden Tag lehnte er sich im Wohnzimmer an sein kleines Stützkissen und studierte die Seifenopernfrauen, deren Leben aus lauter Plot Points bestand.

Die Seifenopernfrauen verliebten sich.

Die Seifenopernfrauen schlugen sich den Kopf an und verloren ihr Gedächtnis und liefen von ihrer Familie weg.

Die Leute gerieten in Autoverfolgungsjagden oder liefen aus brennenden Gebäuden, kurz bevor die Gebäude explodierten.

Ich schaute die Serien mit Nathan und fragte mich, ob er glaubte, dass die Welt wirklich so war – dass jeder von uns einen bösen Zwilling besitzt, von dem wir nichts wissen, einen bösen Zwilling, der irgendwo da draußen auf die Gelegenheit lauert, unser Leben zu übernehmen und uns zu töten.

Dann eines Tages fuhren wir nach Beckley. Ruby hatte einen Termin bei ihrem Fußarzt. Nach dem Arztbesuch schob ich Nathan im Rollstuhl durch den K-Mart, und er wollte unbedingt den Film *South Pacific* auf VHS kaufen. Warum ausgerechnet ein saudummes Musical, wollte ich wissen. Nathan legte die Hände auf seinen Oberkörper und tat so, als drücke er dort Brüste zusammen. Auf dem Cover war eine Frau in einem winzigen Bikini.

»Ah, Nathan, nein, das ist kein Tittenfilm. Das ist bloß so ein idiotisches Musical.«

Aber er wollte nichts davon hören. Zu Hause schob er die Kassette sofort in den Videorekorder, und anstelle einer Frau, die vor ihm ihren Bikini abstreifte und ihm alles zeigte, waren da nur irgendwelche Frauen, die vollkommen bekleidet sangen: *I'm gonna wash that man right out of my hair.*

Also scheiß drauf: Wir kehrten zu Seifenopern zurück. Wo die Frauen noch anständig verheiratet waren, gefangen in einer Ehe mit ihren vollkommen psychopathischen Ehemännern.

Untreue Männer kamen und nahmen den Frauen ihre Kinder weg. Sie ließen es so aussehen, als wären die Frauen wahnsinnig geworden, und schickten sie ins Irrenhaus.

Nathan war besonders von einer Frau fasziniert. Sie war die schönste Frau in der ganzen Serie.

Er hatte sogar ihr Gesicht aus der Fernsehzeitschrift ausgeschnitten und auf das Holzbrett neben seinem Bett geklebt.

Wenn er im Bett lag, starrte er sie stundenlang an, als wäre sie seine große Liebe.

Eines Tages, als ich in der Küche neben ihm saß, deutete er auf die Zeitung unter seinem Stuhl (Ruby legte ihm immer Zeitungen unter, für den Fall, dass er etwas verschüttete). Er mühte sich mit einem Löffel Brei ab, dann versuchte er, aus der 7UP-Flasche zu trinken. Er rang eine Weile mit der Flasche, bis Ruby murmelte: »Nur nicht verschlucken, Nathan.«

Nachdem er erfolgreich getrunken hatte, deutete er wieder auf die Zeitung unter seinem Stuhl. Er kicherte.

Ruby redete für ihn und erklärte mir, was er meinte: »Er will eine Frau finden, aus den Kontaktanzeigen.«

Nathan kicherte.

Ich lachte darüber. »Oh Gott, Nathan«, sagte ich, »nach einer Frau zu suchen, wird dir nichts bringen. Die sind doch heute alle emanzipiert.«

Nathan lachte mir ins Gesicht, dann bewegte er seinen Finger im Kreis rund um seinen Kopf.

»Ich weiß schon, dass du keine Verrückte willst«, sagte ich.

Ruby sagte: »Nein, er sucht ja gerade eine Verrückte.«

Nathan streckte wieder seine Arme aus. Er suchte eine riesige fette verrückte Frau.

»Okay«, sagte ich, »aber es wird nicht leicht werden, eine Frau zu finden, die dich füttert oder badet.«

»Das ist ihm doch egal«, sagte Ruby, »so lange sie nur keinen Ring am Finger hat.«

Ich blieb dabei: »Tut mir leid, Nathan, aber es gibt nicht so viele Frauen, die sich nach einem fünfzigjährigen Mann sehnen, der noch bei seiner Mutter wohnt. Die suchen im Normalfall einen, der seine eigene Bude hat.«

Nathan kicherte und deutete in Richtung seines Schlafzimmers, mit einem Ausdruck, als wollte er sagen: *Aber ich hab doch meine eigene Bude.*

Also schrieb ich an eine der Frauen eine Nachricht. Wir warteten ein paar Wochen. Dann noch eine Woche.

Sie antwortete nie.

Aber im Monat darauf verschaffte ihm die Krankenversicherung genau das, was er sich wünschte. Sie schickten eine Pflegeschwester, die drei Tage in der Woche mithalf. Nathans Blick sagte alles: *Gesegnet sei die staatliche Krankenversicherung!*

Ihr Name war …

RHONDA

Es war ihr allererster Arbeitstag in unserem Haus. Sie ging an Nathan vorbei – und er gab ihr einen Klaps auf den Hintern.

Rhonda blieb stehen.

»Pass auf deine Hände auf, Nathan, sonst sag ich das deiner Mama.«

Man hörte Ruby in ihrem Lehnstuhl kichern. »Ja, unser Nathan liebt die Frauen.«

Nathan lachte und ließ seinen langen, dünnen Finger rund um seinen Schädel kreisen, um zu sagen: *Du spinnst doch. Du spinnst doch.*

Dann deutete er auf das große Keramikschwein mit den riesigen Hoden.

»Was?«, fragte Rhonda.

»Nathan sagt, seine Eier sind genauso groß wie die vom Schwein«, erklärte ich ihr.

Er langte noch einmal nach ihrem Hintern. Rhonda zog ihn tadelnd am Ohr. Dann kümmerte sie sich um die Wäsche und anschließend um irgendeine andere Aufgabe, die Ruby ihr zugeteilt hatte.

In den darauffolgenden Jahren übernahm sie alle möglichen Aufgaben.

Sie machte uns Abendessen.

Sie spülte das Geschirr.

Sie reinigte Rubys Schmuckfigürchen.

Sie überzog die Betten neu.

Sie kehrte auf.

Sie stellte Rubys Schmuckfigürchen um, sodass Ruby sie besser betrachten konnte.

Sie kehrte auf.

Sie fuhr rüber nach Rainelle, um Medikamente zu holen.

Sie ging für Nathan Bananen kaufen.

Sie kam zurück und machte uns Mittagessen.

Sie spülte das Geschirr.

Sie putzte das Bad.

Sie schob Nathan vor den Fernseher.

Sie legte ihn ins Bett.

Sie hörte mir zu, als ich davon erzählte, dass ich fortgehen wollte. Ich wollte studieren. Ich wollte ein berühmter Schriftsteller werden.

Rhondas eigentliche Aufgabe war es, Nathan über die Magensonde zu füttern. Diese ragte einfach so aus seinem Bauch, und um sie herum war alles völlig vereitert und widerlich und entzündet. Außerdem stank sie fürchterlich, weil man den Mageninhalt riechen konnte. Eines Tages schaute ich den beiden zu. Rhonda fütterte Nathan. Er zeigte auf den Mageneingang und deutete an, dass der Gestank ihn störte. Rhonda saß neben ihm. In ihrer Hand hielt sie ein Fläschchen Ensure, Nathans Flüssignahrung.

Die Geschmacksrichtung war Erdbeer-Kaugummi, und Rhonda scherzte, während sie den Schlauch in der Hand hielt: »Hey, Nathan, das riecht nicht mal schlecht.«

Sie öffnete die Flasche und nahm einen Schluck.

Nathan lachte und machte die Du-spinnst-doch-Geste mit dem Finger.

Dann deutete er auf die Magensonde und hielt sechs Finger in die Höhe. Er wollte ein Sixpack Ensure trinken.

Rhonda lachte. »Du liebe Zeit, nein, ich kann dir doch kein Sixpack geben! Das ist ja hier fast wie zu Hause mit meinem Mann.«

Während sie die Flüssignahrung durch den Schlauch laufen ließ, unterhielt sie sich weiter mit Nathan. Der Schlauch gurgelte und brodelte und gurgelte und brodelte, bis alles weg war.

Nachdem Nathan gegessen hatte, berührte er Rhonda am Bein. Anschließend hielt er ihre Hand, während sie ihm weiter Dinge erzählte.

»Ja, Nathan, Sean war in letzter Zeit ziemlich gemein zu mir. Trinkt dauernd, und wird dann brutal.«

Nathan bewegte seine Hand rasch in Richtung Tür. Er meinte: *Schmeiß den Sack doch raus.*

Und er deutete auf sich selbst: *Ich kann den Sack für dich rausschmeißen.*

Rhonda lächelte. »Ich weiß, ich weiß, aber wo soll ich denn hin?«

Nathan deutete Richtung Schlafzimmer.

Rhonda grinste. Dann lehnte sie sich vor und sagte leise: »Also könnte ich hierherkommen und bei dir wohnen, ja? Wolltest du das sagen?«

Nathan nickte.

Ich dachte mir nicht viel dabei, aber ein paar Monate später kam meine Tante Bernice zu Besuch. Sie rauchte eine Zigarette.

»Na ja«, sagte sie, »ich hoffe, das geht gut aus.«

»Geht was gut aus?«, fragte ich.

Tante Bernice sog an ihrer Zigarette und blies dann *fuuuuuu* den Rauch aus.

»Ist doch offensichtlich«, sagte sie. »Er ist verliebt in sie. Sieht man an seinen Augen. Er ist verliebt in sie.«

Also achtete ich genauer auf Nathan und Rhonda. Ein paar Wochen danach wurde es auch mir klar. Ich saß gerade mit Nathan im Wohnzimmer. Wir schauten *Walker, Texas Ranger* und anschließend den Prediger Benny Hinn. Dann kam Rhonda ins Zimmer.

»Okay, Nathan, Schlafenszeit.«

Nathan schüttelte den Kopf und deutete auf die Uhr.

»Nein, nein«, sagte Rhonda, »du hast mir selbst gesagt, dass du morgen früher aufstehen musst. Also ist heute früher Schlafenszeit. Jetzt ist es halb zehn, ab ins Bett.«

Sie richtete ihn auf und zog ihm die Hose aus.

Dann brachte sie ihn ins Bett. Sie deckte ihn ordentlich zu. Nathan lag da und kicherte, dann fasste er nach oben, um ihre Brüste zu berühren. Aber anstatt ihm wie üblich auszuweichen, blieb Rhonda, wo sie war. Nathan berührte ihre Brüste.

»Nathan, was machst du denn da«, sagte Rhonda.

Dann wurde sie leise und grinste. »Von Grund auf verdorben bist du.«

Nathan befühlte ihre Brüste. Nun hatten beide aufgehört zu lächeln.

Ich verzog mich ins Nebenzimmer, um die beiden in Frieden zu lassen. Aber als ich mich dort auf die Couch setzte, konnte ich sie immer noch sehen.

Nathan saß aufrecht im Bett, und Rhonda machte Handzeichen, die sie manchmal im Gespräch mit ihm verwendete. Sie flüsterten irgendetwas miteinander. Ich hörte, wie Rhonda sagte: »Okay, ich muss dann gehen.«

Sie deutete auf ihr Auge.

Dann auf ihr Herz.

Dann auf Nathan.

Nathan war eine Weile still, dann tat er dasselbe.

Er deutete auf sein Auge.

Ich.

Er deutete auf sein Herz.

Liebe.

Er deutete auf Rhonda.

Dich.

Rhonda gab ihm einen Gutenachtkuss und sagte: »Schau dir nur mein Bild an. Morgen früh bin ich wieder da.«

Sie ging nach Hause. Nathan saß aufrecht im Mondlicht und schaute sich Rhondas Foto an.

Ich versuchte, ihn anzusprechen, aber er war zu sehr mit dem Bild beschäftigt.

Er starrte es an.

Ein Bild von Rhonda.

Das Bild der Frau, die er liebte.

Nach einer Weile wurde Ruby eifersüchtig.

»Nathan braucht keine Frau«, hörte ich sie schimpfen. »Er braucht nur mich.«

Und dann, eines Abends, sagte Ruby zu Rhonda: »Du fette alte Kuh. Fett wie nur irgendwas.«

Rhonda erwiderte, das müsse sie gerade sagen. Aber dann brach sie in Tränen aus und verließ das Haus. So ging das monatelang.

Ruby begann, sich darüber zu beschweren, Rhonda komme andauernd zu spät. Eines Abends sei sie gleich gar nicht zum Dienst erschienen. Schließlich ließ Ruby Rhonda wissen, sie brauche überhaupt nicht mehr zu kommen. Rhonda verließ wieder weinend das Haus, und Nathan lag im Bett und sagte nichts. STOCKSAUER.

Auch am nächsten Tag lag er immer noch im Bett.

»Wie geht's dir, Nathan?«

Er antwortete nicht.

Ich wiederholte meine Frage.

Er reagierte immer noch nicht.

Ich zog ihn am Ohr.

Aber es war, als merkte er gar nicht, dass ich im Raum war. Er drehte sich im Bett um, sodass er Rhondas Bild anblicken konnte.

Er fing wieder an, Seifenopern zu schauen, aber dann passierte es. In einer Folge wurde die Schauspielerin, in die er verliebt war, beim Überqueren der Straße von der verrückten Ex-Frau ihres Mannes mit dem Auto überfahren. Ihr Mann hielt sie in den Armen, während sie starb.

Ich stelle mir vor, wie Nathan dasaß, unfähig einzugreifen, und auf der Straße lag die Frau und flüsterte: »Ich liebe dich. Es tut mir so leid, dass ich nicht mehr für unsere Liebe getan habe. Es tut mir so leid. So leid.« Am Ende sagte sie: »Ich werde dich immer lieben.«

Und Nathan schaute ihr beim Sterben zu und sagte in seinem Kopf: *Ich liebe dich auch.*

Er sagte es nicht zur Schauspielerin im Fernsehen, sondern zu der schönen Frau, in die er so lange schon verliebt gewesen war.

WAS IST PASSIERT?

So genau weiß das niemand. Ich war grade draußen, als ich Ruby schreien hörte.

Ich rannte ins Haus. Eine Schublade lag auf dem Boden, und überall waren Zeitungen. Ruby sagte: »Ich war hinten im Haus, und wie ich zurückgekommen bin, hab ich ihn so gefunden.«

Das Messerset stand neben der Spüle. Nathan lag vor seinem Stuhl. Der Stuhl selbst war umgekippt. Nathans Beine waren unter dem Tisch. Er lag auf dem Rücken. Und ein Steakmesser steckte in seiner Brust.

Ein Rettungswagen kam, und die Lichter kreisten überall.

Eine leere Bahre … Rettungsleute … dann Nathan, der auf der Bahre aus dem Haus getragen wurde.

Dann die Hinterseite des Rettungswagens.

Er hatte versucht, sich umzubringen. Aber er überlebte. Er war nicht tot.

Nach seiner Verletzung saß Nathan nur noch antriebslos am Küchentisch und schaute der Zeit beim Vergehen zu.

Eines Tages saß ich mit ihm in der Küche. Er lehnte sich auf seinen Ellbogen, und dann begann er, eine 7UP-Flasche hin und her zu rollen, als wäre ihm langweilig.

Hin und her.

Hin und her.

Er seufzte leise. Er kniff die Augen zusammen.

Seine hellblauen Filmstaraugen.

Ich fragte mich, ob er vielleicht darüber nachdachte, dass er derjenige gewesen war, der zurückbleiben musste. Seine Brüder waren neben ihm aufgewachsen, und als sie groß waren, zogen sie aus, und er blieb hier.

Er musste hierbleiben, weil es nicht anders ging. Er musste hier sitzen, am Küchentisch, wo er immer saß, und sich daran erinnern, wie seine Brüder mit ihren jungen Ehefrauen zu Besuch gekommen waren, alle rosig und hübsch, und rosig und hübsch, und rosig und hübsch, und rosig und hübsch und mit Akzenten von irgendwo weit weg. Und dann ein paar Jahre später kamen sie zu Besuch und hatten kleine rosige Kinder.

Ich betastete Nathans Muskeln und lachte, um die ungute Stille zu vertreiben.

Aber er blieb still, weil er wusste, dass es all das für ihn niemals geben würde. Keine Ehefrauen und keine Kinder. Nichts von all dem. Er blinzelte und seufzte. Sein Blick sagte:

Verdammte Scheiße, ich bin in diesem Körper gefangen …

Verdammte Scheiße, ich bin diesem Körper gefangen.

Keine Rhonda mehr.

Keine Rhonda mehr bis nach Nathans Tod.

Nachdem die Totenwache und auch die Beerdigung vorbei waren, gingen wir alle auseinander, und ich weiß nicht, ob ich mich umdrehte, um irgendetwas zu holen oder um meine Tante beim Gehen über den schlammigen Boden zu stützen, jedenfalls blickte ich auf und bemerkte ganz hinten in der Menschenmenge eine Frau.

Eine Frau ganz für sich.

Rhonda.

Sie weinte so sehr, dass es aussah, als würde sie gleich umkippen.

Ihre Brust ging rauf und runter, rauf und runter, so sehr weinte sie, während sie versuchte, zu ihrem Auto zurückzufinden.

Ein paar Monate danach, an einem hellen Abend, kurz bevor die Sonne unterging, besuchte ich das Grab. Es war ein Herbsttag, und über allem lag dieses Glühen. Alles so hell, so leuchtend. Und alles war immer noch an seiner Stelle – der Grabstein und der alte Baum, sogar die alten Blumen waren noch da. Aber etwas Neues lag vor Nathans Grabstein. Es war ein kleiner fellbedeckter Teddybär, mit einer kleinen Notiz dabei. Ich faltete sie auf, und drin war ein Herz. Darunter der Satz: *Ich liebe dich und werde dich immer lieben, Nathan.* Genau wie in der Seifenoper. Neben dem Herz ein einzelner Name: *Rhonda.*

Aber Augenblick.

Ich möchte die Geschichte kurz anhalten.

Ich möchte sie anhalten, bevor alle sterben. Ich bin noch nicht bereit dafür.

Ich möchte sie anhalten und mich für einen Augenblick an alle erinnern, so wie sie waren, als wir alle zusammenwohnten. Als alle noch lebten. Ich möchte mich an Rubys Essen und Rubys Tisch und Nathans Lachen erinnern.

*

Der Geruch nach Brathuhn am Sonntag, herrlich braun brutzelnd in seiner Sauce. Ich staubte die JFK-Andenken-Sodaflaschen ab – und die Sammellöffel aus allen fünfzig Staaten – und die Kuckucksuhr, die die Uhrzeit zirpte. Um zwei Uhr zwitscherte ein Rotkardinal und dann um vier ein Pirol. Wenn ich draußen irgendwo ein Rotkehlchen rufen hörte, dachte ich immer automatisch: drei Uhr.

Dann staubte ich die Plastikfrösche ab und machte *quak quak quak.*

Ich staubte die Bilder von Jesus und den Fußspuren im Sand ab.

Ich staubte das in Schalenform gebackene und dann mit einer Schutzglasur überzogene Brot ab, und anschließend die Schrotflinte, die hinter der Tür lehnte.

Ich wanderte um den Lehnstuhl herum, und aus dem Radio kamen Predigerstimmen und Aufzeichnungen von Gospelgesang.

Ruby stand am Herd.

»Grandma, von wem sind denn die Blumen?«

Ruby sagte: »Oh, die hat mir Larry geschickt. Er hat gesagt, einige davon sind für Mae, aber sie haben mir so gefallen, also hab ich sie alle behalten.«

So machte sie das immer.

EINE GESCHICHTE ÜBER RUBYS NEIGUNG, ZEUG AN SICH ZU REISSEN

Eines Tages gingen wir Tante Shirley besuchen. In ihrem Haus hing ein neuer Spiegel, der Ruby sehr gefiel. Sie lobte den Spiegel und ging zu ihm hin und hob ihn von der Wand, da sie ihn gerne mitnehmen wollte.

Shirley protestierte: »Ruby, nein, den kannst du nicht mitnehmen. Der gehört mir!«

»Aber du hast doch schon so viel Zeug«, sagte Ruby. Und sie verließ das Haus mit dem Spiegel unterm Arm. Shirley stand einfach nur da.

*

Wenn ich Ruby anblickte, sah ich all die Dinge, die sie wusste und konnte.

Dinge, die sonst niemand wusste oder konnte.

Zum Beispiel, wie man Schweineschmalz auslässt und draus Seife macht.

Oder wie man ohne Rezept *Biscuits* bäckt und wie man ein Schwein schlachtet, wenn es sein muss. Sie konnte all diese fast vergessenen Dinge herstellen – Dinge, die von Leuten in Ohio gekauft werden, weil *homemade* draufsteht.

Ich betrachtete den Quilt, an dem sie arbeitete. Der Quilt war kein Symbol für irgendwas. Er war ein Ding, das sie hergestellt hatte, damit ihre Kinder es warm haben. Daran sollte man denken. Scheiß auf Symbole.

Darauf sagte sie: »Okay, ich bin dann fertig.«

Wir setzten uns an den Tisch und aßen Brathuhn mit Sauce. Es schmeckte gut. Mit dem großen Löffel goss ich mir Bratensauce auf den Teller, dazu einen fetten Löffel voll Kartoffelpüree. Ich nahm eine Hühnerkeule und begann zu essen. Zuerst löffelte ich die ganze Sauce auf. Auf dem Tisch gab es eingelegte Salatgurken, selbst gemachte Biscuits, Salat mit Mayonnaise, grüne Bohnen, Essiggürkchen, Brathuhn, Schokoladentorte, Gugelhupf aus Biskuitteig, noch mehr Huhn, Wachtelbohnen, Erbsen in Butter, und wieder Huhn und noch mehr Biscuits, und Sauce, Sauce, Sauce. Ruby begann zu erzählen, wie mein Vater auf dem Küchentisch geboren worden war, in Anwesenheit eines vollkommen besoffenen Arztes.

Der Arzt sei in Wirklichkeit ein Zahnarzt gewesen, aber habe manchmal mitgeholfen, Kinder auf die Welt zu bringen. Mein Vater sei auf dem Küchentisch geboren worden, und nach der Geburt sei er so hübsch und glänzend und neu gewesen. Sie hielt ihn in den Armen – das hübscheste Baby, das sie je gesehen hatte, das hübscheste von all ihren Babys! So hübsch, dass der Arzt ihr zwanzig Dollar für ihn anbot, im Tausch für ein anderes Baby, das er draußen im Truck liegen hatte. Aber Ruby lehnte ab. Sie hielt das Baby ganz nahe an ihr Herz und achtete auf die Geräusche, die es machte. Wir hörten uns die Geschichte an und aßen Brathuhn und Sauce. Dann löffelte ich den Topf leer. Alles verputzt.

Nach dem Essen schaute ich Ruby zu, wie sie das Geschirr in die Spüle legte.

Sie sagte: »Du hast aber nicht viel gegessen, Todd. Dabei bist du so mager, siehst ganz ausgehungert aus.«

Ich sagte nichts über den falschen Namen Todd.

Es hätte sie so oder so nicht interessiert, denn sie wollte über etwas anderes sprechen.

Ich begann das Geschirr zu spülen, und sie erklärte, ich solle die Styroporteller nicht wegwerfen, die könne sie noch gebrauchen.

»Aber ich kann die nicht abwaschen und noch mal verwenden«, sagte ich. »Das ist ungesund. Man kriegt die nicht sauber.«

Ruby bestand dennoch darauf, ich sollte sie waschen. »So macht man das. So spart man Dinge zusammen.«

Hinterher machte ich ein Nickerchen. Ich hatte einen Traum über die Zukunft – und in dieser Zukunft träumte ich einen Traum über die Vergangenheit. In meinen Träumen bin ich immer wieder in Rubys Haus, zurück mit ihr am Küchentisch. Es ist immer Sonntag, und wir sind alle um den Tisch versammelt. Nathan auf der einen Seite und ich auf der anderen und Ruby auf der linken. Und wie immer gibt es Brathuhn in brauner Sauce, und wir sind alle total hungrig und reichen uns die Teller weiter – die mit den Biscuits, mit dem Salat, mit den eingelegten Gurken, und ich denke, diese Bilder werde ich auch dann noch sehen, wenn das letzte bisschen Sauerstoff mein Gehirn verlässt. Das wird wie ein Sonntag vor langer Zeit sein, und all die Toten stopfen sich den Bauch voll mit in Schweineschmalz gekochten Speisen und mit brauner Bratensauce, die ihnen die Arterien verklebt und ihre Herzen absterben lässt. Es wird ein Festmahl des Todes werden, und es wird köstlich schmecken.

Im Traum war Ruby von uns gegangen, aber selbst heute ist da etwas in mir, das davon ausgeht, dass ich sie wieder ins Leben zurückrufen kann. Etwas in mir, das gerne alle von ihnen aus dem Grab holen würde. Etwas, das sich wünscht, sie wiedersehen zu dürfen.

Aber Augenblick. Hier ist etwas, das mehr Sinn ergibt.

Hier ist nämlich das Rezept für Brathuhn mit Sauce. Es enthält vielleicht einen Teil von Ruby. Also, hier ist es:

Zutaten:

1 ganzes Brathuhn, zerteilt
2 Becher Buttermilch
1 TL Knoblauchpulver
1 TL Zwiebelpulver
1 TL Geflügelgewürz
Pflanzliches Öl zum Herausbraten
Butter
Mehl

Zubereitung:

Die Hühnerteile waschen und trocken tupfen. Buttermilch, Knoblauchpulver, Zwiebelpulver, Mehl und Butter in einer großen Schüssel zusammenmischen. Dann die Hühnerteile dazugeben und in den Kühlschrank stellen.

In einer hohen Pfanne Öl erhitzen. Hühnerteile abseihen. Mehl und Butter in eine Papiertüte geben. Die Hühnerteile hinzugeben. Papiertüte gut schütteln. Anschließend das Huhn herausbraten. Alle drei Minuten wenden, bis die Teile rundum knusprig braun sind.

Wenn du das hier liest, magst du vielleicht gleich jetzt in die Küche gehen und das Rezept ausprobieren. Auch wenn du nicht kochen kannst und in einem anderen Land oder weit in der Zukunft lebst, wer weiß, vielleicht magst du ja dieses Brathuhn mit Sauce zubereiten, sodass die Zombies alle zum Leben erweckt werden.

EIN REZEPT KANN MAN NICHT UMARMEN

Ich musste Nathan aufs Klo begleiten. Der Tag hatte bereits furchtbar begonnen. Denn am Morgen, auf dem Weg zum Arzt, hatte Ruby die ganze Zeit davor Angst gehabt, Nathan könnte mir ins Lenkrad greifen und uns alle umbringen. Ich hatte gerade erst den Führerschein gemacht. Nathan saß im Beifahrersitz. Ruby saß hinten und fürchtete sich und fing schon wieder damit an: »Nathan, greif auf keinen Fall auf das Lenkrad, hörst du? Sonst fahren wir irgendwo rein oder den Hang runter und sind alle tot.« Nathan schüttelte nur den Kopf, als wollte er sagen: *Fuck, denkst du wirklich, ich greif nach dem Lenkrad und bring uns alle um? Ernsthaft?*

Er ließ seine Finger um den Kopf kreisen, um ihr zu sagen, dass sie übergeschnappt war.

»Er ist kein Psychopath, Grandma. Er sitzt bloß im Rollstuhl.«

Dann mussten wir ein paar Stunden darauf warten, dass der Fußarzt Rubys Zehennägel stutzte. Wir gingen zu Captain D's, um etwas zu essen, und plötzlich bemerkte ich diesen Ausdruck auf Nathans Gesicht. Der Ausdruck bedeutete: Er musste aufs Klo. Er musste DRINGEND.

Also stand ich auf und nahm die Haltegriffe des Rollstuhls, aber Ruby hielt uns auf. Sie fasste in ihre Handtasche und holte Nathans Pissflasche heraus. Sie hielt sie mir hin. Ich wehrte sie lachend ab und sagte: »Aber doch nicht vor allen Leuten.« Nathan wedelte mit den Händen und stampfte mit dem Fuß, um zu sagen: *Außerdem brauch ich die Flasche gar nicht. Ich muss das andere.*

Ruby bestand darauf, dass wir die Flasche vielleicht doch brauchen könnten. Man wisse ja nie. Also legte ich die Pissflasche auf Nathans Schoß und schob ihn in Richtung Klo, als Ruby noch etwas einfiel. »Nathan, mein Kleiner, warte, du brauchst sicher die hier.« Und sie zog eine frische Unterhose aus ihrer Handtasche. Nathan ließ den Kopf hängen.

Ich nahm die Boxershorts und stopfte sie in die Rollstuhltasche. Ich versuchte, die Peinlichkeit durch einen Witz zu lindern: »Nathan, verdammt, du bist wie ein Superheld. Ich mag auch mein eigenes Wechselgewand mit mir herumtragen.«

Aber er sagte nichts. Er hielt die Pissflasche fest. Wir bewegten uns an anderen Menschen vorbei, die an ihren Tischen saßen. Sie blickten von ihren fettigen Fischgerichten auf, und ihre Blicke verfolgten uns. Sie starrten Nathan und seine Pissflasche an. Nathan starrte zurück und hielt die Flasche fest. Ich versuchte noch einen Witz. »Hey, Nathan, hast du jemals Bier aus der Pissflasche getrunken? Wenn wir uns auf dem Heimweg verlaufen, können wir sie als Feldflasche verwenden.«

Aber er lachte auch jetzt nicht.

Er musste dringend aufs Klo.

Wir hielten vor der Klotür, und ich versuchte, sie aufzumachen, aber sie war verschlossen. Scheiße. Da müsse wohl jemand drin sein, sagte ich. Nathan stampfte mit dem Fuß. Es war dringend. Ich plapperte weiter: »Schaut sicher komisch aus, oder? Zwei Typen, die zusammen aufs Klo gehen. In dem Laden hier werden zwei Typen, die zusammen aufs Klo gehen, sicher zusammengeschlagen.«

Nathan lachte nicht. Er stampfte mit dem Fuß. Wir warteten. Eine der Captain-D's-Kellnerinnen sagte etwas. Also ging ich zu ihr und ließ Nathan vor der Klotür stehen. »Die Toilette ist außer Betrieb«, sagte sie. »Sie müssen die Damentoilette benutzen.«

Ich nickte und ging zu Nathan zurück. Sein Gesichtsausdruck hatte sich verändert. Der Ausdruck bedeutete: *Ich muss jetzt aufs Klo. Ich muss jetzt aufs Klo. Ich muss jetzt aufs Klo.*

Ich erklärte ihm, dass wir auf die Damentoilette gehen müssten. Und ich begann, ihn in die Richtung zu schieben, aber da drängte sich eine ältere Frau vor. »Mam«, sagte ich, aber es war zu spät. Sie war schon drin.

Sie drehte das Schloss um.

Pop.

Nathan senkte den Kopf.

SCHEISSE. SCHEISSE. SCHEISSE.
SCHEISSE. SCHEISSE. SCHEISSE.

»Macht nichts«, sagte ich. »Jetzt dauert's nicht mehr lang. Musst nur noch ein bisschen durchhalten.«

Ich beugte mich zu ihm und flüsterte ihm ins Ohr: »Jetzt wird das Ganze noch sonderbarer. Zwei Typen, die zusammen auf die Damentoilette gehen.«

Mein Fuß lehnte auf der hinteren Stange des Rollstuhls. Wir warteten. »Gleich sind wir dran«, sagte ich.

Wir warteten.

Warteten.

Endlich, die Toilettenspülung. Die alte Frau kam heraus.

»Oh, tut mir leid«, sagte sie.

Ich lächelte und nickte ihr zu. Dann roch ich es. Es war zu spät.

Ich hielt die Tür mit dem Fuß offen und schob Nathan hinein. Ich holte die frische Unterhose aus der Tasche und legte sie aufs Waschbecken. Dann zog ich ihm die Tennisschuhe aus und stellte sie in die Ecke. Dann streifte ich die weißen Socken von seinen Füßen und legte sie in die Schuhe. An der Wand der Toilette hing eine Box mit der Aufschrift: »Hygienebeutel.«

»Hey Nathan, hast du irgendwelche Tampons oder Binden zum Wegwerfen?«

Aber Nathan lachte nicht. Er fand nichts mehr witzig.

Ich zog ihm die Hose aus und untersuchte sie. »Sieht gut aus, Nathan. Die hat nichts abgekriegt. Immerhin das.«

Ich faltete die Hose und legte sie neben das Waschbecken. Ich zog dreißig Papiertaschentücher aus dem Spender und hielt etwa die Hälfte davon unters Wasser. Dann wandte ich mich Nathan zu. Er blickte mich nicht an.

»Denkst du, du kannst dich an meine Schulter lehnen, wenn ich dich hochziehe?«

Nathan bewegte seine Hand zu einem Ja. Also nahm ich ihn bei den Armen und zog ihn hoch. Er lehnte sich an meine Schulter. Ein Stück Scheiße fiel aus seiner Unterhose und landete auf dem Boden.

Nathan brummte. »Macht nichts«, sagte ich. Ich hob das Stück mit einem feuchten Taschentuch auf und warf es in die Toilette. Dann zog ich Nathan die Unterhose aus.

»Okay, jetzt hebst du dein Bein.« Geschafft.

Nathan brummte.

Ich hatte zu schwitzen begonnen.

Dann das zweite Bein und – er war die Unterhose los. Ich warf sie in den Müll.

Nathan begann zu schwanken, also richtete ich mich schnell wieder auf.

»Uuuh«, machte er. Ich hielt ihn mit meinen Armen umschlungen und stützte ihn. Er atmete schwer. Ich versuchte, ihn oben zu halten, aber er entglitt mir, ging auf die Knie und sank dann zur Seite. »Okay, okay«, sagte ich und versuchte, ihm zu helfen. »Ich weiß, Stehenbleiben ist nicht so einfach für dich.«

»Uuuh«, grunzte er und deutete auf die Taschentücher.

»Ich beeile mich«, flüsterte ich. Also wischte ich ihn mit den feuchten Taschentüchern sauber und warf sie anschließend in den Müll. Dann wischte ich noch mal mit den trockenen nach. Ich zog ihm die frische Boxershorts an und stopfte sie, als Schutz gegen den eiskalten Boden, unter seine Hüfte. Dann zog ich ihm die Hose und die Socken und die Schuhe wieder an. Ich half ihm, sich aufzusetzen. Und schließlich wollte ich ihm in den Rollstuhl helfen. Aber meine Arme waren zu erschöpft.

»Uuhh.«

Ich stand auf und atmete ein paar Mal tief durch. »Sekunde. Ich bin gleich so weit.« Dann nahm ich ihn unter den Achseln und hievte ihn in den Rollstuhl.

Am Ende stand ich völlig außer Atem da. Ich warf den Rest der Taschentücher in den Müll, klopfte Nathan auf den Rücken. Sein Kopf sank nach vorne.

»Alles bereit?«

Ich zwickte ihn in die Nase, so wie ich es immer tat, aber er lächelte nicht.

Stattdessen deutete er mit dem Finger auf sich, dann auf mich.

»Was sagst du?«

Er deutete mit dem Finger auf sich – und zog am Abzug.

»Du willst, dass ich dich erschieße?«, fragte ich.

Er nickte: *Ja.*

Er wollte erschossen werden.

Ich lachte zuerst, aber hörte gleich wieder auf.

Es war kein Scherz gewesen.

Also schob ich ihn aus der Damentoilette zurück ins Lokal.

Seine Augen sagten: *Ja, starrt mich ruhig alle an. Ich bin wunderschön.*

Seine Augen sagten: *Das Leben ist nicht zu kurz. Das Leben ist viel viel viel viel viel viel viel viel viel viel viel zu lang.*

ALSO

Ich war zu Besuch bei Little Bill, als das Telefon klingelte. Es war Onkel Stanley. Er sagte, Nathan sei in die Notaufnahme gebracht worden.

Ich borgte mir Little Bills Auto und fuhr durch die dunklen Berge bis zur Interstate, dann schaltete ich meine Scheinwerfer ein und fuhr, so schnell ich konnte, zum Krankenhaus, in meinem Kopf der Satz: *Bitte lass ihn nicht sterben.*

Als mich ein Sattelschlepper überholte, schaltete ich die Scheinwerfer aus. Danach schaltete ich sie wieder ein, und der Satz kehrte zurück: *Bitte lass ihn nicht sterben, bevor ich ankomme.*

Ich wollte dabei sein, wenn er stirbt.

Er war noch am Leben. Sie hatten ihn im dritten Stock des Appalachian Regional Hospital untergebracht. Onkel Stanley stand in einer Ecke des Zimmers. Ich trat ein und ging zu Stanley. Nathan lag im Bett. Seine Augen waren geschlossen. Schläuche kamen aus seiner Nase und seinem Mund. Im Zimmer roch es nach Scheiße, da die Krankenschwester ihm gerade die vollgeschissene Hose gewechselt hatte. Er atmete schwer. Jedes Mal, wenn er atmete – *hah* – klang es, als würde ihm jemand in die Lunge boxen – *hah* – jedes Mal, wenn er atmete.

Sein Ausatmen – *hah* – machte mir Angst. *HAH.* Und so stand ich im Raum und hörte Nathan dröhnend ausatmen – *hah*. Alles, was ich bislang übers Sterben gedacht hatte, war falsch.

Ich schüttelte den Kopf und folgte Stanley zurück in den Wartebereich. Wir setzten uns hin und warteten auf das nächste Ereignis.

Wir gingen hin und her. Draußen, am Ende des Korridors, stand eine verrückte alte Frau, die die ganze Zeit »Louise, Louise!« rief.

Die Schwester ging zu ihr und sagte: »Gibt keine Louise hier, meine Liebe« und fügte nach einer Weile hinzu: »Helfen Sie mir lieber, diese Quilts für Ihre Babys zu falten.«

Die alte Frau folgte, nahm die Krankenhaushandtücher und faltete sie.

»Das machen Sie aber toll«, sagte die Schwester. »Lauter schön gefaltete Quilts für Ihre Babys.«

Ich dachte: *Die Welt ist übergeschnappt.*

In den nächsten drei, vier Stunden wanderten wir ruhelos umher. Alle fünfzehn Minuten schauten wir in Nathans Zimmer.

Beim letzten Besuch in seinem Zimmer sah ich, wie Tante Mary sich über ihn beugte. Sie weinte und sagte zu ihm: »Du musst kämpfen, Nathan. Du musst kämpfen.«

Dann ging sie. Ich stand an Nathans Bett und sagte in Gedanken zu ihm: *Nein, Nathan. Du darfst ruhig sterben.*

Nathan atmete dröhnend: *HAH. HAH.*

»Wir sollten dann aufbrechen«, sagte Stanley.

Es war vier Uhr früh. Wir verließen das Krankenhaus und fuhren zurück nach Danese.

Auf der Autobahn fuhr ich hinter Stanleys Truck. Ein totes Reh lag am Straßenrand. Später fiel mir am Fuße des Sandstone Mountain ein älterer Mann auf, der mit Rucksack durch die Dunkelheit wanderte. Als ich vorbeifuhr, ließ er seinen Daumen sinken. Er sah aus wie Nathan, irgendwohin unterwegs. Ich schüttelte den Kopf und fuhr weiter. Es war schwer, wachzubleiben. Kurz nachdem wir zu Hause durch die Tür gekommen waren, klingelte schon das Telefon.

Stanley hob ab. Er sagte: »Ich verstehe. Okay. Vielen Dank.«

Er legte auf. Seine Stimme war tränenverklebt. »Das war das Krankenhaus. Er ist gestorben. Jetzt muss ich Mutter anrufen.«

Ich sagte: »Oh.« Dann gingen Stanley und ich nach draußen.

An jenem Vormittag begann ich, Nathans Totenwache zu planen. Ich fragte Ruby, in welcher Kleidung sie ihn beerdigt haben wollte. Sie sagte, in Jogginghose und Pullover. Eben was er immer getragen hatte.

»Anzüge und Krawatten hat er nie gemocht – alles Mist«, sagte sie.

Also fuhr ich zum Wal-Mart und kaufte einen weißen Pullover und eine weiße Jogginghose.

Ich legte beides auf die Kasse. »Alles gefunden?«, wollte die Angestellte wissen. Für sie war ich nur irgendein Typ, der Pullover und Jogginghose kaufte.

Dabei war ich ein Typ, der die Kleider kaufte, in denen sein Onkel beerdigt werden würde. Als ich die Kleidungsstücke am selben Nachmittag zu Bestatter Bob Wallace brachte, sagte ich: »Er braucht außerdem noch ein T-Shirt, damit ihm nicht kalt ist.« Der Bestatter blickte mich nur an.

Dann musste ich lachen, da tote Körper ja nichts mehr mit Kälte anfangen können.

Und so kamen all die Kinder und Enkel und Großenkel und all die Mütter und die Onkel der Onkel und all die Cousins und Cousinen ersten und zweiten Grades – alle kamen zusammen für die Totenwache. Der Sarg war aufgebahrt worden.

Ich stellte mich vor den Sarg und blickte Nathan an. »Was bist du jetzt?«, flüsterte ich.

Der Sarg war bereits derart voll mit Stofftieren, dass Onkel Stanley zu meckern begann: »Jemand muss denen sagen, dass sie aufhören sollen, die reinzulegen. Sonst sehen wir irgendwann den Körper nicht mehr vor lauter Tieren.«

Ich musste kichern. Nathans Haut sah wie Plastik aus, seine Lippen rot geschminkt. Selbst seine Wangen waren gerötet, wie von Rouge.

»Die haben einen Crossdresser aus dir gemacht, Nathan. So viel Lippenstift.«

Ich dachte: *So tot wie du hat noch keine Leiche ausgesehen.*

Jeder trat einmal an den Sarg, um sich zu verabschieden. Ruby richtete sich mühsam in ihrem Rollstuhl auf, beugte sich vor und küsste Nathans Gesicht. Leute standen herum, tauschten Rezepte aus oder erzählten Witze. Einige weinten. Einige waren der Ansicht, Gott habe einen Plan für uns alle. Ich antwortete: »Also sollen bestimmte Leute Krebs kriegen oder herausfinden, dass ihr Kind ein Serienmörder ist? Klingt nach einem Scheißplan.«

Die Leute schauten mich giftig an.

Ein Mädchen, das Geige lernte, stand auf, um uns etwas vorzuspielen.

Eine der alten Frauen sagte: »Schau das kleine Mädchen da. Wie süß die ist. Sie wird uns jetzt ein Lied vorspielen.«

Das Mädchen holte Bogen und Geige aus dem Kasten. Alle lauschten. Sie zog den Bogen über die Saiten – *iiiik* – *kräk*. Dann noch einmal – *iiiik* – *kräk*. Es war der widerlichste Klang der Welt. Man bekam Magenschmerzen davon. Man wollte nur noch sterben.

Kurz nach dem offiziellen Ende der Totenwache tauchte mein Onkel Terry auf. Er war extra mit dem Flugzeug aus San Francisco gekommen. Er und seine Frau erwarteten ihr erstes Kind. Er war sehr traurig, dass Nathan das Kind niemals würde im Arm halten können. Er kam in den Raum, ging direkt zum Sarg und legte etwas in Nathans Hand. Dann tätschelte er die tote Hand und trat beiseite. Es war ein Ultraschallbild des Babys. Es würde erst in vier Monaten auf die Welt kommen, aber Nathan durfte es jetzt schon halten. Später wurde Nathan mit dem Baby in der Hand begraben.

Die Beerdigung war am nächsten Tag. Nathans Sarg wurde in die Erde gelegt. Es war ein kalter, verregneter Tag. Rettungsleute trugen Ruby mit einer Bahre auf den Friedhof. Sie war bedeckt mit Quilts, und um ihren Kopf hatte sie mehrere Decken gewickelt, damit sie nicht fror. Wenn sie sich aufrichten wollte, wurde sie gestützt. Der Pfarrer sprach sehr laut, damit Ruby ihn verstehen konnte. Ich stand da und nahm alles in mich auf. Aber nach einer Weile achtete ich nicht mehr auf den Pfarrer, sondern blickte über die Gräber hinweg zu meiner Cousine Bonnie, die mit ihrem kleinen Sohn Paul herumging und ihm die anderen Gräber erklärte. Hier war Pauls

Urgroßmutter. Hier sein Urgroßvater. Und das war das eine Ding, das wir alle gemeinsam hatten. Die Geschichte der Generationen, die einander zeugten und zeugten und zeugten. Der Tod.

Steve, der Pfarrer, betete und predigte, und dann betete er wieder, und schließlich brachte einer von Wallace & Wallace die Taubenkiste. Steve sagte: »Wir werden jetzt die weiße Taube freilassen, die ein Symbol für die von uns gegangene Seele ist.«

Er zog den Deckel von der Kiste, und eine weiße Taube schoss heraus und flog über uns und erhob sich weit in den kalten, grauen Himmel, kreiste für kurze Zeit über unserer alten Heimat, bevor sie fortflog.

Steve erhob seine Arme und rief: »Er fliegt nach Hause, Ruby. Seine Seele fliegt nach Hause in den Himmel.«

Ruby sagte: »Oh Lordie, ja. Mein kleiner Nathan fliegt nach Hause in den Himmel.«

Steve rief: »Halleluja, Ruby!«

Und Ruby erhob ebenfalls ihre Arme und rief »Halleluja«, und die Taube war nirgends mehr zu sehen.

Alle schritten zu ihren Trucks zurück. Ich entdeckte das Mädchen vom vorigen Tag wieder, das mit der entsetzlichen Geige. Sie klemmte sich das Instrument gerade unters Kinn. Offenbar wollte sie wieder eines ihrer monströsen Stücke vorspielen. Alle rollten die Augen und zuckten mit den Achseln. *Oh Gott, bitte nicht schon wieder.*

Ich stellte mir vor, das Mädchen zu erwürgen oder sie mit der Geige tot zu prügeln.

Onkel Stanley beugte sich zu ihr und legte einen Fünf-Dollar-Schein in ihren Geigenkasten, in der Hoffnung, sie dadurch milde zu stimmen. Aber es half nichts. Sie hatte ihren Bogen bereits in der Hand und begann ihn über die Saiten zu ziehen: *iiiek.* Und dann wieder *iiiek krääk* und krächzend *iiiek.* Wir hielten uns die Ohren zu. Aber dann bewegte sie den Bogen langsam über ihr Instrument, und plötzlich war sie kein entsetzliches kleines Mädchen mit entsetzlicher Geige mehr, sondern die großartigste Musikerin aller Zeiten, die das schönste Lied der Welt spielte.

Und ich klappte das Buch zu und blickte hinaus auf die dunklen Berge. Hier waren nicht mein Blut, mein Gesicht, meine Nerven. Hier waren Erde und Gestein und der Geruch nach Haut. Das purpurfarbene Glühen der Bergspitzen. Ich musste lachen, da ich inmitten der Bergspitzen stand, aber dann fühlte ich Gehässigkeit aufsteigen. Ich war voller Verachtung, weil ich in den dunklen Bereichen zwischen den Bergspitzen gewesen war. Und ich sah den wahnsinnigen Gott des alten Bibelvolks. Sie schufen ihn nach dem Bild des wahnsinnigen Flusses, an dem sie lebten. Und ich sah die Wüstenvölker. Sie lächelten und sprachen viel – über den Nil. Und dann lächelten auch die Berge, und die einzelnen Teile der Berge – und mir wurde eines klar.

Ich war voller Dunkelheit, weil ich aus den tiefen Tälern kam. Aber ich kannte die Herrlichkeit, weil ich auf den Spitzen der Berge gestanden war. Mehr Bergspitzen bitte. Mehr Bergspitzen.

Folgende Lüge hat man mir als Kind erzählt. Wahr ist sie natürlich trotzdem. Der New River ist einer von bloß zwei Flüssen, die direkt nach Norden fließen. Der andere ist der Nil. Beide Flüsse sind in mir. In meinem Herzen ist ein Fluss. In deinem Herzen ist auch ein Fluss. Auch Diamanten sind in uns. Wir fließen alle nach Norden.

Ich begriff, dass Nathan nicht mehr da war. Und dass nun ein neuer Teil meines Lebens begann. Der Teil, in dem unser Held in die Welt hinauszieht und auf seinem Weg allerlei Menschen begegnet. Der Teil, der nach dem ersten Teil kommt. Er heißt …

DER ZWEITE TEIL

Zeit verging. Nach Nathans Tod zog Ruby zu Onkel Stanley, und ich musste mich nach einem neuen Zuhause in der Nähe umsehen, um weiterhin dieselbe Schule besuchen zu können. Ich zog zu meinem Freund Little Bill. Er ließ mich mit sich in der Wohnung seiner Mutter wohnen. Die sei sowieso nie da, meinte er. Außerdem bat er mich, ihn nicht mehr Little Bill zu nennen. Er war jetzt einfach nur noch Bill.

BILL

Der Vorteil daran, wenn dein Mitbewohner Zwangsneurosen hat, ist, dass die Wohnung immer sauber ist.

Bis zu meinem Einzug bei ihm wusste ich gar nichts über Bills Zwänge. Den ganzen Tag lief er mir mit Desinfektionsspray hinterher. Vielleicht sorgte er sich seit seinem Abenteuer mit den Kopfläusen mehr um Sauberkeit. Seine Haare waren nachgewachsen, dicht und rot. Er besprühte die Tür und den Boden und dann meine Schlafstätte – *SSSSSS*. Dann wischte er mit einem Tuch darüber. Und dann kamen die Wände dran. Er besprühte den Tisch, die Kommode, die Schranktüren, das Bettgestell und das Bett selbst.

Ich sagte, das sei jetzt bestimmt alles sehr sauber.

Aber Bill schüttelte den Kopf. Er hörte so einen Satz gar nicht richtig.

Aus einer Ecke des Zimmers holte er einen riesigen Plastiksack.

»Was ist das?«, fragte ich.

Er entnahm dem Sack eine orange Tablettendose und stellte sie auf den Tisch. Dann eine zweite. Er stellte sie neben die erste. Dann kam eine dritte. Dann noch eine und noch eine und dann noch fünf weitere, und er stellte sie alle nebeneinander auf, wie kleine Zinnsoldaten. 1, 2, 3, 4, 5, 6, 7, 8, 9, 10, 11.

»Was ist das alles?«, fragte ich. Bill lächelte und sagte, er sei eben durchgedreht.

Ist das nicht jeder?

In diesem Augenblick begann der CD-Player »Dust in the Wind« zu spielen. Er setzte sich aufs Bett und lauschte der Musik.

»Gefällt dir ›Dust in the Wind‹?«, fragte er.

Ich sagte Ja. Und begann, mein mitgebrachtes Zeug im Zimmer zu verstauen. Währenddessen versuchte ich, nicht an Nathan oder Ruby oder Friedhöfe zu denken.

Ich konzentrierte mich auf den Liedtext: *I close my eyes, only for a moment and the moment's gone.*

Bill stand auf und ging sich wiegen.

Die Waage zeigte 102 Kilo.

Er wog sich ein zweites Mal.

Die Waage zeigte 102 Kilo.

Dann erzählte er mir die Geschichte vom Gespenst von Greenbrier.

DIE GESCHICHTE VOM GESPENST VON GREENBRIER

Sie handelte von einer Frau namens Zona, die irgendwann Ende des 19. Jahrhunderts gestorben war. Ihr Ehemann war so von Trauer überwältigt, dass er ihr ein rotes Band um den Hals knüpfte und den anderen Frauen untersagte, die Leiche für die Beerdigung vorzubereiten. Einige Wochen später wachte Zonas Mutter auf und sah das Gespenst ihrer Tochter neben dem Bett stehen. Zona sagte, ihr Ehemann habe sie ermordet. Mami, er hat mich getötet. Er hat mich gewürgt und mir das Genick gebrochen.

Da ging die Mutter zum Sheriff, und der ließ die Leiche exhumieren. Es stellte sich heraus, dass ihr Genick tatsächlich gebrochen worden war. Genau wie der Geist es gesagt hatte.

Bill sagte, das sei der einzige dokumentierte Fall, wo ein Mann durch die Zeugenaussage eines Gespensts überführt worden sei.

Die Geschichte heiterte mich nicht besonders auf.

Das Lied war zu Ende, und Bill spulte zurück, um es noch einmal zu hören. *I close my eyes, only for a moment and the moment's gone.*

Dann ging er sich wiegen.

Die Waage zeigte 102 Kilo.

Bill hatte noch andere neurotische Angewohnheiten. Zum Beispiel Händewaschen. Er nahm eine Dusche nach der anderen. Und wusch sich die Hände. Er versprühte Desinfektionsmittel. Er wog sich. Die Waage zeigte 102 Kilo. Er erzählte mir noch einmal vom Gespenst von Greenbrier.

Dann spielte er »Dust in the Wind«.

I close my eyes, only for a moment and the moment's gone.

Ich fragte, ob er sich das Lied wirklich noch einmal anhören müsse. Er antwortete: »Ich dachte, du magst Kansas?«

Ich sagte, ich sei nur höflich gewesen.

Er schaltete den CD-Player aus. Dann besprühte er die Wände mit Desinfektionsmittel. »Irgendwann wirst du schon sehen«, sagte Bill. »Irgendwann, ja.« Dann spielte er wieder das Lied von Kansas. *I close my eyes …*

Am selben Abend erklärte mir Bill sein Problem. Es nannte sich OCD, Zwangsstörung.

HIER EINE LISTE VON OCD-SYMPTOMEN FÜR HYPOCHONDER, DIE HERAUSFINDEN MÖCHTEN, OB SIE VIELLEICHT OCD HABEN:

1) Zwanghafte Handlungen, die angstlindernd wirken sollen.
2) Obsessive Gedanken, die angstlindernd wirken sollen.
3) Eine Kombination aus zwanghaften Handlungen und obsessiven Gedanken, die angstlindernd wirken sollen.
4) Obsessive Wiederholung einer bestimmten Folge von Handlungen und/oder Denkmustern.

Er erzählte mir, wie die Zwänge entstanden waren.

Mit zehn habe er das erste Mal vermutet, dass irgendwas mit ihm nicht stimmte. Er saß am Küchentisch und aß eine große Packung Käsebällchen. Alles war bedeckt mit orangefarbenen Käsebällchenkrümeln: seine Hände, seine Finger, sein Gesicht. Er aß weiter, und nach einer Weile befiel ihn die Vorstellung, dass er dabei war, sich selbst in ein Käsebällchen zu verwandeln. Als seine Mutter und sein Bruder den Raum betraten, brüllte er ihnen zu: »Bitte esst mich nicht! Ich bin ein Käsebällchen! Ich bin ein Käsebällchen!«

Er sprang auf und rannte herum, weil er glaubte, sie hätten vor, ihn zu verspeisen. Natürlich schreckte er sie damit, und in ihrer Verwirrung versuchten sie, ihn aufzuhalten. Sie rannten ihm nach, durchs ganze Haus. Sie jagten ihn.

Bei der letzten Runde durchs Haus brüllte Bill immer noch: »Ich bin ein Käsebällchen! Bitte nicht essen!«

Dann erzählte er mir die Geschichte vom Gespenst von Greenbrier.

Außerdem hatte er ein ähnliches Problem mit Huhn jeder Art. Er räusperte sich – *eechch* – und erklärte, er bekomme Schweißausbrüche beim Versuch, ein Stück Huhn zu schlucken. Schon als Kind habe er vergeblich versucht, eine Hühnerkeule zu essen. Er habe gekaut und gekaut, aber schließlich alles ausspucken müssen. Es ging einfach nicht.

»Du liebe Zeit«, sagte ich.

»Oh, und ich dachte auch eine Weile, dass ich vom Teufel besessen bin. Da wusste ich, dass ich die Kontrolle verloren habe.« Und er fügte hinzu: »Dann ist mir aufgefallen, dass alle Menschen die Kontrolle verloren haben.«

Am nächsten Morgen wurde ich von dem Lied geweckt:

I close my eyes, only for a moment and the moment's gone. All we are is dust in the wind.

Am nächsten Tag kam ich nach Hause:

I close my eyes, only for a moment and the moment's gone.

Und am Abend, als ich im Bett lag: *All we are is dust in the wind.*

Schließlich hatte ich genug. »Kannst du das bitte ausschalten? Ich mein's ernst. Mach es aus.«

Er spielte das Lied. *I close my eyes, only for a moment and the moment's gone.*

SCHALT AUS.

Er grunzte. Ging sich wiegen. Die Waage zeigte 102 Kilo.

AUS!

Er grunzte. Ging sich wiegen. Die Waage zeigte 102 Kilo.

Er erzählte mir die Geschichte vom Gespenst von Greenbrier. *Ende des 19. Jahrhunderts starb eine Frau namens Zona …*

HÖR AUF! Du machst mich wahnsinnig!

Bill spielte seine Musik.

Eines Tages, als er gerade außer Haus war, versteckte ich seine CD.

Er versprühte überall Desinfektionsmittel.

HÖR AUF!

Er grunzte. Er rieb die Hände aneinander.

Dann erzählte er mir die Geschichte vom Gespenst von Greenbrier. *Der einzige dokumentierte Fall, wo ein Mann durch die Zeugenaussage eines Gespensts überführt worden ist.*

HÖR AUF.

Er versprühte Desinfektionsmittel und rieb seine Hände aneinander. Er grunzte: *rrrrch.*

Dann, eines Morgens, war er fort. Am Abend davor hatte er mir erzählt, er wolle seinen Großvater besuchen.

Ich wusste nicht, was ich ohne ihn tun sollte. Also wanderte ich durch die Wohnung und machte überall sauber. Ich fühlte mich übergewichtig. Da stand die Waage. Ich stieg hinauf, und der Zeiger schoss in die Höhe. Ich wog 89 Kilo. Dann stieg ich von der Waage und rieb meine Hände aneinander.

Ich fragte mich: Wie viel wiege ich jetzt wohl?

Ich konnte mich nicht an die Zahl erinnern. Also stieg ich noch mal auf die Waage. Sie zeigte 89 Kilo. Dann ging ich zum Schrank und holte die dort versteckte CD heraus. Ich legte sie in den CD-Player und drückte auf Play. »I close my eyes«, sang ich, »only for a moment and the moment's gone. All we are is dust in the wind.« Ich hörte mir das Lied bis zu Ende an, dann noch einmal von vorn.

I close my eyes.

Ich hörte es mir zu Ende an und dann noch einmal.

I close my eyes.

Ich erzählte mir selbst die Geschichte vom Gespenst von Greenbrier. *Mami, er hat mich getötet. Er hat mich gewürgt und mir das Genick gebrochen.* Ich verdrängte den Gedanken an Ruby und Nathan.

Ich hörte mir das Lied noch einmal an.

I close my eyes.

Ich erzählte mir die Geschichte: *Der einzige dokumentierte Fall, wo ein Mann durch die Zeugenaussage eines Gespensts überführt worden ist.*

Dann noch einmal das Lied.

Als ich auf meine Hände blickte, fiel mir auf, dass es nicht mehr meine Hände waren. Sie waren nicht mehr aus Fleisch. Es waren keine Hände. Ich hielt sie in die Höhe und studierte sie. Sie waren orangefarben. »Ich bin ein Käsebällchen«, sagte ich. »Scheiße, ich bin ein Käsebällchen.« Ich hatte die Kontrolle verloren.

An diesem Abend blieb ich lange wach. Ich dachte an Nathan und die Art, wie er gestorben war. Auch an Ruby musste ich denken. Ich durchsuchte meine Brieftasche nach der Traueranzeige.

Ich las:

IM GEDENKEN AN

NATHAN ELGIE McCLANAHAN

GEBOREN AM
8. Mai 1943
in Backus Mountain, WV

VON UNS GEGANGEN AM
11. Februar 1996
in Beckley, WV

TRAUERFEIER
15. Februar 1996

14 Uhr
Wallace & Wallace Chapel
Rainelle, WV
Pfarrer Steve Martin

BEERDIGUNG
Goddard Cemetery
Red Springs, WV

Dann legte ich mich hin und träumte in der Nacht von Friedhöfen.

UND IN DER NÄCHSTEN NACHT KAM …

Ein Traum von Ruby. Sie erklärte mir, das Leben sei einfach ein Ding nach dem anderen. Irgendwas passiert und dann noch was und noch irgendwas anderes. Es ereignen sich Überschwemmungen, Explosionen, Tornados, und nichts davon ergibt irgendeinen Sinn. Es ist einfach ein gigantischer Witz, über den man lachen sollte.

Lacht ihr auch?

WIE MAN BILL DURCHEINANDERBRINGT

Nach ein paar Tagen des Zusammenlebens fiel uns nichts anderes ein, als miteinander zu reden. Bills Mutter war nie in der Wohnung, also gingen wir kaum noch in die Schule. Konnte uns ja keiner zwingen. Aus irgendeinem Grund begannen wir, über Religion zu diskutieren.

Ich schimpfte mit Bill wegen seiner Ansichten über Homosexualität. Er blieb dabei, dass sie eine Sünde wider den Herrn sei.

Ich sagte, er sei doch bloß wütend, weil er zufällig gesehen hatte, wie sich sein Cousin vom Nachbarn in den Arsch ficken ließ. Bill war eines Tages früher von der Schule nach Hause gekommen und hatte die beiden überrascht. Ich sagte, Arschficken sei vererbbar.

Außerdem erinnerte ich ihn an seine münzgroßen Nippel. Ich bat ihn, nicht dauernd mit offenem Hemd herumzulaufen, wenn ich betrunken war, weil die mich irgendwie scharfmachten.

Er grinste und maulte weiter über Homos und deren Sündhaftigkeit. Homos, Mann. Homos.

Ich fragte, wo er das mit der Sünde wider den Herrn gehört habe. Er sagte: Levitikus. Ich wollte wissen, ob Jesus etwas über Homosexualität gesagt habe. Ich wusste, dass die Antwort Nein war. Ich fragte ihn, ob das Buch Levitikus nicht auch vorschreibe, die Frau außerhalb deines Zelts zu halten, wenn sie ihre Periode habe. Das verschlug Bill die Sprache. Dann zitierte er Levitikus.

Ich sagte: »So oft wie du das Alte Testament zitierst, könnte man dich direkt für einen Juden halten.«

Bill wurde langsam wütend.

»Wenn du das Alte Testament so liebst, solltest du deinen Namen in Crookshankzowitz ändern. Du bist ab jetzt mein jüdischer Freund Crookshankzowitz.«

Bill war wütend.

Später erstellte ich eine neue Mailadresse, um Bill Mails zu senden. Die Adresse nannte sich *ourlordandsavior@hotmail.com.*

Meine Mail an Bill lautete:

Lieber Bill,

hier ist Gott, der Herr. Ich habe deine religiösen Dispute mit deinem Zimmernachbarn Scott McClanahan mitverfolgt. Ich möchte dir mitteilen, dass mich deine Konversion zum Judentum sehr enttäuscht. Es ist ein schöner Glaube – einer von denen, die mein Vater gegründet hat. Aber ich bitte dich dennoch, zu Jesus und dem Studium des Neuen Testaments zurückzukehren, sonst drohen dir ewige Höllenfeuer und Verdammnis.

Dein Freund und Erlöser

Jesus Christus

Der Sohn Gottes

PS: Bitte geh öfter zur Schule. Und denk daran, dass Drogen uncool sind. Geh zur Schule.

Am Abend sah ich Bill vorm Computer sitzen. Er öffnete seine Mails. Er entdeckte die von Gott. Ich sah, wie er den Text weiterscrollte. Dann sprang er auf und kam zu mir. In seinem Gesicht war der Beginn eines Grinsens, aber zugleich kratzte er sich den Kopf. Er sagte: »Ich hab grad eine Mail von Jesus bekommen.«

Dann ging er aus dem Zimmer. Ich hörte ihn draußen beten.

Er betete für seinen Großvater und seine Onkel und dann sogar für meine Großmutter und mich. Er betete für Onkel Nathan. Er betete dafür, dass Onkel Nathan in den Himmel gekommen war. Dann bat er Gott um eine Freundin. »Ich versuche, ein guter Mensch zu sein«, sagte er. »Aber ich bin sehr einsam. Ich hätte gerne eine Freundin, mit der ich Zeit verbringen kann. Einfach jemanden zum Reden. Ich weiß, ich sehe nicht besonders gut aus, aber ich wünsche mir, jemanden zu haben.« Dann drehten sich seine Gebete um seine Zwänge. Er sagte, er wisse, dass sie nicht für immer weggehen würden. Aber er wünsche sich eine kleine Pause, zumindest für einen Tag. Nur ein Tag ohne die Stimmen und Ängste in seinem Kopf.

Nach etwa einer Stunde kam er zurück und sagte: »Du hältst dich für superwitzig, oder?«

Ich sagte nichts.

Er sagte, er habe nur so getan, als wäre er auf die Mail von Gott hereingefallen.

Etwa um diese Zeit herum begann Bill, alle möglichen Gegenstände zu fotografieren. Zuerst kaufte er eine Kamera, um Fotos von sich selbst zu machen – mit nacktem Oberkörper, Muskeln zeigend, posierend. Aber dann begann er, Dinge zu fotografieren.

Er machte Fotos von Bäumen.

Er machte Fotos von Blumen.

Er machte Fotos von Wolken.

Er machte Fotos von seinen Händen.

Er machte Fotos von Parkplätzen und Lastern.

Er machte Fotos vom Meadow River.

Er machte Fotos vom Himmel und von Stürmen.

Er machte Fotos von den Bergen.

Er machte Fotos von Schützengräben aus der Bürgerkriegszeit.

Ich sagte, er solle Fotos von der Hundescheiße draußen machen, die die Streuner hier überall in der Gegend hinterließen. Aber er weigerte sich.

Ach, Bill, bitte.

Wir beobachteten einen Streunerhund draußen auf dem Asphalt beim Scheißen. Ich bettelte: Bitte, Bill, mach ein Foto.

Aber er weigerte sich.

Am nächsten Morgen schimpfte Bill wieder auf die Schwulen. Sie seien eine Sünde wider den Herrn. Außerdem Evolution – er stamme doch nicht von einem Affen ab! Ich versuchte, ihm zu erklären, dass Darwin das nie behauptet hatte. Menschen und Affen besäßen einen gemeinsamen Vorfahren. Bill war das egal. Er blieb dabei, dass das eine Sünde wider den Herrn sei, und für so was sei ein Feuersee vorgesehen, da drin würde das alles in Flammen aufgehen für immer.

Ich erklärte ihm, dass ich von Affen abstammte. Ich sei ein wildes Tier.

An einem Wochenende, als Bill nicht zu Hause war, entschied ich mich, ihn noch mehr durcheinander zu bringen. Ich lud einige von seinen Freunden ein, und wir durchsuchten gemeinsam seine Schubladen. Wir zogen manche seiner Kleidungsstücke an und fotografierten einander mit seiner Kamera.

Noch lustiger war, mit seiner Kamera nach draußen zu gehen, während Bill schlief. Die Streunerhunde waren wieder überall unterwegs. Auf dem Asphalt waren große Haufen Hundescheiße.

Ich hatte eine Idee.

Eine Woche später ließ Bill seine Fotos entwickeln. Er stand in der Drogerie und erwartete Fotos von seinem muskulösen Oberkörper oder von Naturmotiven, aber stattdessen waren es Bilder von Bekannten.

»Hey, das sind ja meine Freunde.«

Dann fiel ihm eine eigenartige Sache an seinen Freunden auf. »Tragen die da meine Kleider?«

Er ging die Bilder durch:

Da waren Bäume.

Blumen.

Muskeln.

Hundescheiße.

Riesige Haufen Hundescheiße.

Extrem riesige Haufen Hundescheiße.

Dampfende Hundescheiße, die bis in alle Ewigkeit vor sich hin glühen würde – als wäre sie das Einzige, was alles überlebt. IST SIE JA AUCH.

In der Nacht hatte ich dann meinen üblichen Traum über Ruby. Der mit *Leben ist einfach ein Ding nach dem anderen* und so weiter.

Als ich aufwachte, sah ich das Leben als grausamen Prank, als Witz. Irgendjemand lachte über uns. Irgendjemand folterte uns. Ich erinnerte mich an einen Tag in meiner Kindheit. Ich war bei Ruby und zerdrückte Ameisen auf dem Asphalt. Ich sah Nathans Schmerz. Ich sah Rubys Schmerz, als sie den anderen Verwandten erklärte, dass Nathan tot war. »Diese Schuld müssen wir alle einmal abbezahlen.«

Dann erklärte sie es mir noch einmal: »Scott, Nathan ist tot.«

Ich sagte, ich wüsste das bereits. Ich sei ja dabei gewesen.

Sie saß in ihrem Lehnstuhl und wiederholte: »Scott, Nathan ist tot. Wir müssen irgendwie weitermachen. Wir müssen unsere eigene Schuld abbezahlen.«

Wir waren Ameisen, und Gott war ein rotzverklebtes Kind. Gott zerdrückte die Ameisen im Sonnenlicht.

Ein paar Wochen lang ließ ich Bill in Frieden. Ich stahl ihm nicht die Kamera, ich schickte ihm keine Mails von *ourlordandsavior@hotmail.com*. Ich erwähnte das Thema Religion nicht mehr. Ich hielt ihn nicht davon ab, sich zu wiegen. Ich bat ihn nicht um die Geschichte vom Gespenst von Greenbrier. Bill grunzte viel, rieb seine Hände aneinander und hörte sich seine Lieblingsmusik an. Er hatte aufgehört, seinen muskulösen Oberkörper vor dem Spiegel zu fotografieren. Stattdessen versprühte er Desinfektionsmittel.

Dann fragte mich Bill eines Tages in der Schule, ob ich mich denn für ganz schlau hielte. Ich sagte, ich hätte keine Ahnung, was er meinte.

Er berichtete von einer Mail von Gott, die er bekommen hatte. Er sagte, die sei doch auch wieder von mir.

Er zeigte mir die Nachricht. Der Absender lautete *0000000@yahoo.com*. Gott schrieb an Bill:

Lieber Bill,

mein Sohn Jesus wollte, dass ich dir schreibe. Ich muss zugeben, ich bin ziemlich betrunken. Ich weiß nicht, was ich sagen soll. Ich muss jede Nacht was einnehmen, damit ich schlafen kann. Ich bin Schlafwandler. Ich wollte dir eigentlich einen Rat erteilen, aber jetzt merke ich, dass ich mich nur beklage. Tut mir leid, wenn ich dir auf die Nerven gehe. Aber ich bin immer so verwirrt. Ich weiß die meiste Zeit nicht wirklich, was ich tue. Dein Mitbewohner Scott hat letztes Mal, als ihr literweise gesoffen habt, einen Trinkspruch auf Gott gemacht. Der ging so: Auf Gott, den Allmächtigen, den faulsten Sack, den ich kenne. Ich wollte dir sagen, dass das echt meine Gefühle verletzt hat. Ich weiß, Scott hat seinen Onkel verloren und leidet sehr, aber dieser Trinkspruch war trotzdem ziemlich gemein. Es hat mir in der Seele wehgetan.

Gott schrieb Bill weiter, er sei gar nicht faul. Er sei einfach müde. Er sehe ein, dass alles ein schrecklicher Fehler gewesen sei – die Welt. Er habe sie völlig planlos erschaffen. Einfach nur so aus Einsamkeit. Er sei immer so einsam, und nun sei alles außer Kontrolle geraten. Er habe erkannt, dass er selbst Atheist sei – aber nur ein wahrer Atheist könne an Gott glauben. Also sei er vielleicht doch kein Atheist – weil er sich nicht ganz sicher sei, ob er an sich selbst glaube. Gott sagte, er sei Peter Pan. Er wolle sich gerne etwas entfernen lassen. Er fühle sich wie ein Hermaphrodit.

Bill lachte und sagte: »Das ist doch von dir.« Ich stand auf und ging auf die Toilette. Wie sollte ich ihm erklären, dass die Mail nicht von mir war? Wie sollte ich ihm erklären, dass sie möglicherweise wirklich von Gott war? Vielleicht würden wir uns alle dereinst im feurigen Höllensee wiedersehen. Vielleicht waren wir alle Gräuel vor dem Herrn. Wie sollte ich ihm erklären, dass ich die Nachricht nicht verfasst hatte, aber dass die Welt ein Witz war, und Gott ein einsamer Hermaphrodit, der in der Dunkelheit Mails an fremde Leute schrieb? Keine Ahnung.

ALSO GING ICH RUBY BESUCHEN

Seit Nathans Tod waren einige Monate vergangen. Ich fragte mich, wie es Ruby gehen mochte. Bei meinem ersten Besuch sagte sie: »Oh Lordie, ich liege im Sterben.«

Dann, beim nächsten Besuch: »Oh Lordie, ich liege im Sterben.« Ich fragte, ob sie sich mit Stanley und Mary gut verstehe, aber sie sagte nichts dazu.

Für meinen dritten Besuch borgte ich mir Bills Auto, und alles lief genau gleich ab.

Ich sagte: »Okay, Grandma, ich sollte dann langsam aufbrechen.«

Ruby sagte, Davonlaufen sei zwecklos.

Ja, sagte ich, aber ich müsse dann leider zurück. Schule morgen früh.

Dann fing sie an: »Oh Lordie. Ich fühl mich gar nicht gut.« Und sie begann zu weinen: »Ich glaube, ich liege wirklich im Sterben.«

Tante Mary kam herein und sagte: »Ach, Mutter, dir geht's doch gut. Du bist bloß verärgert, weil Scott gehen muss.«

Ruby sagte: »Widerliches altes … stolziert hier herum wie ein eitler Pfau. Ich fühl mich gar nicht gut.«

Tante Mary überprüfte Rubys Puls. »Hmm, ich weiß nicht. Dein Puls ist wirklich etwas eigenartig. Messen wir mal deine Temperatur.«

Die Temperatur war tatsächlich leicht erhöht.

Ich erklärte mich bereit, Ruby ins Krankenhaus zu begleiten. Einfach zur Sicherheit. Ich erklärte ihr, dass ich Bills Auto ausgeborgt hatte. Es war kein großer Umweg.

»Ruby, du bist wie der Junge, der ›Hilfe, Wölfe‹ ruft«, sagte Mary, »irgendwann wirst du noch wirklich krank, und wir werden dir nicht mehr glauben.«

Ruby sagte, sie wolle nur, dass wir eine Sache im Kopf behielten: Auch wenn Mary und Stanley sie betreuten, sei sie immer noch der Boss hier. Ihr kleiner Nathan sei vielleicht gestorben und ihr kleiner Scott lebe inzwischen woanders und sie selbst lebe neuerdings in diesem Haus hier, aber sie sei immer noch der Boss.

Also brachte ich sie mit dem Auto ins Krankenhaus, das etwa vierzig Meilen entfernt lag. Wir fuhren an Danese vorbei und dann den Berg hinunter. Wir fuhren an unserem alten Haus vorbei, das Elgie aus dem Holz eines anderen, seinerzeit für acht Dollar gekauften Hauses gebaut hatte. Ruby erzählte mir, Elgie hätte seinen Selbstgebrannten immer im Bach versteckt, aber er sei dabei meistens betrunken gewesen, weshalb er sich hinterher nie erinnern konnte, wo er die Krüge versteckt hatte. Ruby sagte, es seien heute noch einige Krüge mit dem Zeug irgendwo in den Bergen versteckt, die darauf warteten, wiederentdeckt zu werden.

Wir fuhren über die Brücke, und Ruby blickte hinaus auf den Fluss. Die starken Regenfälle des Sommers hatten ihn anschwellen lassen. Er führte Schlamm und Wurzeln.

»Schau dir das an«, sagte Ruby. »Der Fluss ist nur noch ein Fluss aus Blut.«

Sie wiederholte: »Es sieht aus, wie wenn der Fluss voller Blut und Herzen wäre.«

Als ich sie zum Arzt brachte, sagte sie, Nathan hätte sie vermisst. Er habe nachts viel geweint und nach ihr verlangt. Sie wisse, dass er auf ihre Rückkehr warte.

Ich sagte, Nathan sei tot.

»Ich weiß«, sagte sie.

Ich konnte nicht sagen, ob sie allmählich ihren Verstand verlor oder nur so tat. Ich wusste, dass alte Menschen die Verstand-verloren-Ausrede oft für alles Mögliche verwendeten, vor allem, wenn man sie beim Diebstahl im Lebensmittelgeschäft erwischte.

Wir kamen an der Stelle vorbei, wo Rubys Cousine vor ein paar Jahren bei einem Erdrutsch ums Leben gekommen war. Ich erzählte ihr, wie ich vor einigen Wochen das Melderegister von Fayette County in der Bibliothek durchgelesen und darin ihren Vater und ihre Mutter gefunden hatte. Der erste McClanahan sei in Fayette County im Jahr 1872 verzeichnet worden. Ruby fluchte leise und murmelte »Scheiße« und ließ mich wissen, sie stamme von »ganz oben bei Backus Mountain«. Sie sei eine Bauerntochter, und man solle sie nicht mit diesen ganzen kohleabbauenden McClanahans in Verbindung bringen, die am Fuße des Bergs wohnten. Sie erzählte, dass nach dem Tod von Elgie sein Bruder Jason um ihre Hand angehalten hätte. Jason McClanahan war damals achtzig Jahre alt. Ihre Antwort lautete, sie habe einen McClanahan in ihrem Leben gehabt und das sei mehr als genug bis zum Lebensende.

Im Krankenhaus wurde Ruby untersucht. Die Krankenschwester sagte: »So weit alles in Ordnung, Miss Ruby. Sie werden einfach was Falsches gegessen haben.«

Ruby hob ihre Arme in die Luft und rief: »Gott sei gepriesen!«

Dann kam Dr. Mustafa Mahboob und schimpfte mit ihr. Ihre Familie werde sie noch in ein Heim stecken, wenn sie nicht aufhöre, sich ständig ins Krankenhaus bringen zu lassen. Ob sie wisse, wie oft sie in den letzten zwei Monaten hier gewesen sei? Ruby schüttelte den Kopf. Dr. Mahboob sagte: »Zehn Mal.« Er wisse ja, dass sie gerade einen Sohn verloren habe, aber das gehe allmählich wirklich zu weit.

Er sagte, die Krankenversicherung werde sie auf die rote Liste setzen. Sie werde in Schwierigkeiten geraten. Ich schüttelte den Kopf und nickte Ruby zu. Dann setzte ich sie ins Auto und brachte sie zurück nach Hause.

Wir fuhren den Berg hinauf, in Richtung Prince, an all den alten Häusern vorbei. Da war das Haus, wo Elgie seinen Selbstgebrannten verkauft und wo Ruby die Wäsche im Fluss gewaschen hatte. Dann vorbei am alten Kohlebergwerk, vor dem jetzt eine Kirche stand. Ruby erzählte, wie sie immer, wenn die Polizei vorbeiging, ein Signal auf ihrer Trillerpfeife gegeben hatte. Sie pfiff und rief: »Die Eintreiber kommen! Die Eintreiber kommen!« So wurde Elgie oben auf dem Berg gewarnt und konnte seine Schnapsbrennbehälter rechtzeitig in die Luft jagen.

Ruby deutete auf die Berghänge und sagte: »Da waren überall Häuser.«

Dann deutete sie auf die andere Seite und wiederholte den Satz. Überall Häuser.

Auch neben dem Fluss war alles voller Häuser gewesen. Auf jeder freien Fläche hatte eines gestanden. Dann erzählte sie, wie Elgie eines Tages versucht habe, sie mit Dynamit aus einer Kiste, die er aus dem Fluss gefischt hatte, in die Luft zu sprengen, aber das Dynamit sei zu feucht gewesen. Und einmal sei einer der Eintreiber verschwunden. Die Leute verdächtigten die McClanahan-Jungen. Sie erzählte, sie hätten den Eintreiber an einen Baum gebunden und ihm eine Ladung Schrot in den Bauch geschossen. Anschließend hätten sie seine Überreste an die Schweine verfüttert, weil Schweine alles fressen. So was nannte sich ein *Coal Camp*. So wurde damals für Recht und Wahrheit und Ordnung gesorgt.

Im Tal ging mein Blick sehr weit. Für einen Moment fühlte es sich wie 1930 an, ein Zeitsprung. Ich sah das Kohlebergwerk. Ich sah die Leute auf den Straßen. Und überall Häuser.

Das alles gab es nicht mehr. Nun waren hier nur noch Berge und eine serpentinenreiche Straße mit Schlaglöchern so groß wie Säuglingsgräber. Eine Weile hatte man auf der Straße besonders achtgeben müssen, da direkt unter ihr ein stillgelegter Bergwerkstollen verlief. Die Straßenverwaltung befürchtete, die Straße könnte eines Tages einfach einstürzen und die friedvolle Ewigkeit des alten Stollens mit herabstürzenden Autos füllen, aber jetzt stand hier überall hohes Gras, die Schlingpflanzen bedeckten die uralten Hütten, die verrosteten Bahngleise und wackligen Brücken. Die früheren Ortschaften gab es nicht mehr. Das Bergwerk war verschwunden. Nicht einmal ein einziges Haus.

Nicht einmal …

Nicht einmal …

Nur ein alter Bahnhof, an dem niemand ausstieg, und der rötliche, schlammgurgelnde New River.

Wieder zu Hause half ich Tante Mary dabei, Ruby in ihr Zimmer zu bringen. Ich sagte, sie sei so weit ganz gesund. Vielleicht einfach was Falsches gegessen. Gemeinsam brachten wir sie ins Bett. Ich berührte ihre Hand und sagte, ich müsse dann gehen.

»Oh Lordie. Ich fühle mich furchtbar!«, sagte sie und griff sich an die Brust. »Ich hab so Schmerzen da drin.« Ich küsste sie auf die Wange und sagte: »Ich komm dann nächste Woche wieder.« Sie sagte, mein Großvater Elgie hätte an Albträumen gelitten, in denen er darum bettelte, das Pfeifen möge aufhören.

Sie lag nicht im Sterben.

Sie war einsam.

Also ging ich aus dem Zimmer und hörte Ruby wieder schreien: »Oh Lordie, ich sterbe.« Aber ich ging nicht zurück. Ich war mir nicht sicher, ob wir überhaupt je geboren worden waren. Wir schwebten alle noch im Inneren der riesigen Mutter und warteten auf unsere Geburt. Gleich morgen, nach Sonnenaufgang, liegen wir alle in den Armen der riesigen Mutter. Dort finden wir Wärme – und vielleicht sogar Krieg.

Wir sollten uns bereithalten.

UND HIER NOCH EINMAL EINE ERINNERUNG AN DAS THEMA DIESES BUCHES UND ÜBERHAUPT ALLER BÜCHER

Tick, tick, tick, tick, tick …

Ich betrat die Wohnung von Bills Mutter. Alles war unverändert. Einfach eine normale Wohnung, und in ihr waren …

ALLE MEINE KOMPLETT DURCHGEDREHTEN BEKANNTEN

Zum Beispiel Reinaldo, der sich immer ins Schlafzimmer von Bills Mutter schlich und ihre Höschen mit offenem Schritt anprobierte. Sie wohnte längst nicht mehr in der Wohnung, aber die Unterwäsche hatte sie nicht mitgenommen. Bill wurde wütend und schrie Reinaldo an: »Zieh sofort die Höschen meiner Mutter aus.«

Oder der Austauschstudent namens Tiertha Timsina, der mit einem Englischvokabular von zwei Wörtern nach Crapalachia gekommen war. Tiertha musste, bevor er achtzehn wurde, eine Ehefrau finden, sonst würde er von den weisen Männern seines Heimatdorfes dazu verurteilt, einen Baum zu heiraten. Lee sagte zu ihm: »Also wenn ich einen Baum heiraten müsste, dann würde ich auf jeden Fall eine Menge Löcher in den Stamm bohren. Ich würde den Baum so richtig durchficken.«

Tiertha und Bill verstanden sich gut, da sie beide in den Bergen aufgewachsen waren. Sie verglichen die unterschiedlichen

Seehöhen ihrer Herkunftsgebirge, des Sewell Mountain und des Himalaya.

Dann verlegte sich das Gespräch auf Lewisburg, eine Stadt voller Hippies etwas weiter östlich. Die Hippies gingen uns auf die Nerven mit ihrem andauernden Gerede über Schwarzbären und Heilmassage.

Dann war da noch Six Toed Russell, der sich in Bars schlich und mit besoffenen Holzarbeitern Wetten abschloss. »Hey, ich wette, ich hab sechs Zehen an beiden Füßen.«

Die Rednecks glaubten ihm natürlich nicht und sagten: »Okay, gilt. Du verarschst uns doch.« Russell zog sich die Schuhe aus und da waren sie: seine beiden Füße. Und auf den Füßen, 1, 2, 3, 4, 5, 6, 7, 8, 9, 10, 11, 12 prachtvolle Zehen, die alle hin- und herwackeln konnten. Russell war immer gut in Mathe gewesen.

Außerdem Naked Joe. Er lief gern in fremde Gärten und riss dort Büsche aus: »Verdammter Busch, ich hasse dich!«

Einmal wollte eine alte Frau die Polizei rufen, weil Joe auf ihre Gebüsche losging.

»Die Polizei?«, sagte Joe. »Bringen Sie lieber Ihr Gebüsch hier dazu, nicht so viel Scheiße zu labern!«

Am selben Abend saßen wir in Bills Wohnzimmer und spielten Madden. Joe kam herein. Er sagte nicht viel und zog sich bald ins Bad zurück. Nach einer Weile kam er zurück und stand hinter uns.

»Wer gewinnt?«, fragte er. Mit in die Hüften gestemmten Händen stand er da. »Ja, das Spiel wird immer besser«, sagte er.

Ich fühlte, wie mich etwas im Rücken berührte. Dann legte sich etwas auf meine Schulter. Ich drehte mich um und wich kreischend zurück, da mir Naked Joes Schwanz ins Gesicht ragte.

Und ich hatte mich schon gefragt, weshalb ihn alle immer Naked Joe nannten.

Und in der Mitte all dieser Irren: Bill. Während wir im Hinterhof gegeneinander im Wrestling antraten, stand er da und deutete in Richtung der Berge. Er deutete auf Beelick Knob. »Das da ist Beelick Knob. Was denkt ihr, wie hoch der ist?«

Dann erzählte er uns die Geschichte vom Gespenst von Greenbrier.

Dann deutete er auf eine andere Bergspitze: »Das ist Shafers Crossing. Was denkt ihr, wie hoch der ist?«

Aber niemand hörte ihm zu.

Er deutete auf einen anderen Berg, und uns war auch das egal. Nur Tiertha hörte zu. Er träumte von seinem Heimatdorf im Himalaya. Aber wir hatten kein solches Heimatdorf, obwohl uns Bill immer wieder darauf hinwies, woher wir stammten.

Er erzählte uns von den Bergen.

Dann kam Lee Brown zu Besuch.

LEE BROWN

Lee war achtzehn Jahre alt und 1 Meter 96, bei 120 Kilo. Allerdings waren alle in seiner Familie riesig. Sein älterer Bruder war 1,98. Sein Vater war zwei Meter. Sein jüngerer Bruder Dave war ebenfalls 1,96. Bloß seine Mutter war das kümmerliche Schrumpfgewächs der Familie, mit 1,90.

Einmal fuhr Lee bis nach Lewisburg, setzte sich dort in eines dieser Treuhandfonds-Hippie-Restaurants und bestellte einen Hamburger für fünfzehn Dollar (antibiotikafreie Aufzucht, frei von Konservierungsstoffen). Er sagte: »Ja also, ich hätte gern den Hamburger für fünfzehn Dollar, aber bitte *mit* Antibiotika und Konservierungsstoffen, danke.«

Man weigerte sich, und Lee brüllte: »Und das hier soll ein Restaurant sein?«

Für mich waren das vorbildliche Beispiele amerikanischer Jugend.

Nachdem Lee gekommen war, blätterten er und ich im Telefonbuch, um einen Namen für einen Scherzanruf zu finden. Bill deutete immer noch auf die Berge und nannte uns deren Seehöhen. Dann erzählte er uns die Geschichte vom Gespenst von Greenbrier. Aber wir hörten nicht mehr zu, weil uns die Namen im Telefonbuch beschäftigten. Ich schlug Rubys alte Nummer nach. Am liebsten hätte ich sie gewählt, einfach um zu sehen, ob sie abhob. Bill erzählte uns über Beelick Knob. Dann über Shafers Crossing. Dann über Sewell Mountain, wo seine Familie herkam. Er erzählte von Stephen Sewell, der in einem Baum wohnte. Sewell floh vor den Shawnee durch Rhododendrongebüsche, aber schließlich holten sie ihn ein und brachten ihn im Wald um. Bill erzählte die Geschichte all dieser Orte. Und das war nicht unwichtig.

Er erzählte uns von unserer Herkunft.

Von unserem Zuhause.

ABER EIGENTLICH

Aber eigentlich suchten wir bloß nach Telefonnummern. Wir wählten 438-6794, aber niemand hob ab. Wir riefen 438-5812 an, aber es war besetzt. Dann 438-6494, aber da fing Bill schon wieder zu jammern an.

»Ich finde, ihr solltet damit aufhören«, sagte er.

»Ach, sei still, du schrittfreies Höschen«, sagte Lee. Auch er verurteilte das Vorhandensein der schrittfreien Höschen von Bills Mutter in der Wohnung.

»Meine Mom trägt keine schrittfreien Höschen!«

Tat sie aber doch. Eines Abends kamen Lee und Reinaldo aus dem Schlafzimmer, und Reinaldo trug wieder ein Höschen über seinen Boxershorts. Es stimmte also. Lee erinnerte Bill an diesen Umstand, aber Bill bestritt alles.

»Wahrscheinlich habt ihr die am Vorabend da reingeschmuggelt, um euch dann über mich lustig zu machen!«

»Warum sollten wir uns ausgerechnet diese Mühe machen? Ich weiß, dir sind die schrittfreien Höschen total peinlich, aber so schlimm ist das nun auch wieder nicht.«

Einen Augenblick war es still. Dann wiederholte Lee: »Wie gesagt, so schlimm ist das doch nicht – schrittfreie Höschen.«

Dann hielt Lee Bill seine Liebe zu Trollen vor. Wenn es nicht um schrittfreie Höschen ging, ging es um Bills Sammlung von Trollpuppen.

Bill war berühmt dafür. Schon vor ein paar Wochen waren Bill und Lee deshalb aneinandergeraten. Lee sagte etwas über schrittfreie Höschen, und Bill verlor die Beherrschung. Krank vor Wut boxte er Lee gegen die Schulter. Lee jagte Bill durch die Wohnung. Schließlich rannten die beiden ins Freie, Bill barfuß und mit nacktem Oberkörper, nur in seinen Dallas-Cowboys-Shorts. So rannten sie einander nach, im Regen, durch den schlammigen Garten.

Lee jagte Bill – und dann passierte etwas … Bill rutschte aus … seine Füße rutschten auf dem nassen Gras aus … und die Trollpuppe flog hoch in die Luft.

Alle verfolgten gebannt die Bahnkurve, in Zeitlupe.

RAAAAAAAA.

Bill landete in einer schlammigen Pfütze und die Trollpuppe flog
hoch
hoch
hoch
und dann
zurück
zurück
zurück auf die Erde und lag neben ihm. In seiner zeitlupenhaft verlangsamten Filmstimme sagte Bill dann jene Worte, die ihn berühmt machen sollten:

»Rettet den Troll. Vergesst mich.«

Diese unsterblichen Worte sprach ich nun leise vor mich hin, um Bill zu ärgern. »Rettet den Troll. Vergesst mich.«

Aber dann ließ ich es sein, denn Lee hatte eine Nummer gefunden. Junior und Shirley M. unter 438-6494. Er sagte, Bill solle jetzt anrufen. Bill wollte nicht. Aber schließlich gab er nach. Er wählte die Nummer. Ich hob den Hörer im anderen Zimmer ab, um dem Gespräch zu lauschen. Es klingelte, und nach einer Weile hob jemand ab. Es war die Stimme einer alten Frau.

»Hallo?«

»Hallo, Tante Shirley«, sagte Bill.

»Ja«, sagte sie, verwirrt. Ich flüsterte Bill einen Satz zu.

»Tante Shirley, weißt du, wer das ist?«

Am anderen Ende war es still, und dann hörte man Tante Shirley rufen: »Gelobt sei Jesus! Er lebt! Honey, es ist unser kleiner William. Billy! Du bist zurück, nach so vielen Jahren! Billy, bist du in Schwierigkeiten?«

Holy shit.

Billy?

Was für ein irrer Zufall, dachte ich.

Bill tat so, als wäre er dieser Bill, obwohl sein Name ja wirklich William war. Er hieß wirklich Billy. Er hieß Bill. Die alte Dame verwechselte diesen Bill mit einem anderen Bill.

»Nein, mir geht's gut, Tante Shirley. Ich bin hier bei Pit Row.« Pit Row war der Name einer Tankstelle neben dem 7-Eleven.

Er erfand irgendeine Geschichte. »Ich hab mich endlich dazu entschlossen, kein Feuerwasser mehr zu trinken. Ich komme nach Hause, Shirley.«

Am anderen Ende der Leitung hörte man Tante Shirley vor Freude schreien und weinen. »Ach, Bill! Du meldest dich bei uns! Endlich meldest du dich bei uns!«

Bill tat so, als kämen ihm ebenfalls die Tränen.

Dann sprach er weiter: »Okay, Tante Shirley, ich bin hier beim P P P P P P P Pit Row.« Sein absichtliches Stottern wurde immer stärker: »Ich bin hier beim P P P P P P P Pit Row, und ich brauch jemanden, der mich abholt.«

Bill löste den Hörer von seinem Gesicht und sagte zu uns: »Okay, ich glaube, wir sollten damit aufhören. Es klingt, als würde sie die Person, für die sie mich hält, wirklich vermissen.«

Ich machte Pssst. Also fuhr Bill mit dem Spiel fort: »Bitte, Tante Shirley, kannst du mich abholen kommen? B B B B Bitte.«

Tante Shirley sagte: »Ich hole Junior, und dann komme ich! Du erinnerst dich doch an Onkel Junior, oder? Das letzte Mal, als ihr euch gesehen habt, warst du noch so klein.«

Sie schwieg eine Weile, aber schließlich sagte sie: »Wir sind in zehn Minuten bei dir.«

Und Bill tat so, als würde er weinen, und beendete das Gespräch: »Okay, Tante Shirley. Okay. Ich warte auf euch. Ich warte hier, Tante Shirley.«

Pit Row war gleich in der Nähe unserer Wohnung. Es war perfekt. Wir mussten nur aus dem Fenster sehen. Wir warteten auf Onkel Junior und Tante Shirley.

Ich musste lachen, weil das Ganze so absurd war. Bill sagte: »Das war echt gemein. Die Frau denkt jetzt, dass ich … Und jetzt kommt sie extra hierher, für nichts.«

Also warteten wir. Es dauerte keine zehn Minuten, bis ein alter klappriger Kleinbus auftauchte. Knatternd bewegte er sich auf den Pit-Row-Parkplatz. Die Türen gingen auf: *BUMM*. Ein riesiger Mann mit Cowboyhut stieg aus dem Wagen, ihm folgte eine alte Frau. Sie sah genauso aus, wie Tanten aussehen. Lee beobachtete die beiden. Ich ebenfalls. Sie bewegten sich rasch und angespannt über den Parkplatz. Tante Shirley betrat die Tankstelle, Onkel Junior blieb draußen stehen und rauchte eine Zigarette. Es sah so aus, als würde Shirley mit dem Mann an der Kasse sprechen. Dann kam sie heraus und schaute in Richtung der Telefonzelle, die vor der Tankstelle stand. Shirley und Junior bogen um die Ecke. Junior sagte etwas zu Shirley. Dann hob Junior seine Arme, als wollte er sagen: »Wo zum Teufel ist er? Der Junge macht einem immer nur Stress.«

Es sah so aus, als würde sie ihn inständig bitten, irgendetwas zu unternehmen. »Ich glaube, sie fahren wieder«, sagte ich. »Ja, ich glaube, sie fahren.«

Und es stimmte.

Tante Shirley wehrte sich ein wenig, aber am Ende stiegen sie ein. »Wir sollten warten, bis sie zu Hause sind, und dann noch mal anrufen«, sagte Lee. Bill hatte ein schlechtes Gewissen wegen der ganzen Sache. Er hätte vielleicht gegen den neuen Einfall protestiert, aber er war ganz in das Aufstellen und Arrangieren seiner Trollpuppen versunken.

Also wartete Lee eine halbe Stunde und rief noch mal an. Er reichte Bill den Hörer weiter. Bill schwieg lange, aber sagte schließlich doch: »Tante Shirley?« Die alte Frau klang völlig außer Atem und sehr besorgt: »Hey, mein lieber Bill, wo warst du denn?« Onkel Junior schimpfte im Hintergrund, sie solle den Hörer auflegen: »Das sind irgendwelche Loser, die dich verarschen!« Es sei nicht ihr echter Neffe, der sie da anrufe. Bill flüsterte: »Was soll ich sagen?« Und dann fiel ihm selbst etwas ein.

»Ach, Tante Shirley, es tut mir so leid. Ich musste dringend aufs Klo. Es ging einfach nicht mehr. Ich hab so viel Feuerwasser getrunken, dass ich davon Durchfall bekommen habe. Es war entsetzlich, Tante Shirley.« Dann sagte er: »Tante Shirley, könnt ihr noch einmal kommen? Ich bin jetzt hier. Ich verspreche, ich warte hier auf euch.«

Ich konnte kaum glauben, was Bill da sagte. Onkel Junior hatte den zweiten Hörer abgehoben und schimpfte mit uns.

Tante Shirley flüsterte, es tue ihr leid, was Bill durchgemacht hätte. Es tue ihr leid, dass seine Eltern sich getrennt hätten. Sie wisse, wie hart die Scheidung für ihn und seinen Bruder gewesen sei. Richtig hart. Aber er sollte doch wissen, dass seine Eltern ihn trotz allem sehr lieb hätten. Sie wisse natürlich, dass die Scheidung mit ihm zu tun gehabt hätte, mit seinen Problemen. Und sie wisse auch, dass die anderen Kinder ihn ausspotteten. Es tue ihr leid, dass Bills Mutter nie zu Hause war.

Es war, als wäre es wirklich unser Bill, über den sie sprach.

Und so erschien Tante Shirley fünfzehn Minuten später wieder bei der Tankstelle. Ich beobachtete sie, wie sie aus dem Wagen stieg. Bill mied das Fenster. Er saß auf dem Bett, völlig verdattert. Er sah aus, als hätte er Angst. Tante Shirley ging denselben Weg wie vorhin. Sie betrat die Tankstelle. Sie fragte den Mann an der Kasse. Dann kam sie heraus und blickte zur Telefonzelle. Sie wanderte um die Tankstelle herum, einmal, zweimal, dann noch ein drittes Mal, bevor sie zur Telefonzelle zurückkehrte. Dann setzte sie sich auf den Gehsteigrand und wartete. Einige Autos fuhren vorbei. Sie wartete. Eine halbe Stunde verstrich, eine Stunde, zwei Stunden, drei. Es war inzwischen dunkel geworden. Tante Shirley weinte. Bill sagte: »Es sollte jemand zu ihr gehen und ihr erklären, dass alles nur ein Spaß war. Dass wir uns gar nicht kennen. Sie verwechselt mich mit jemandem.«

Aber niemand ging hinaus. Ich saß weiter vorm Fenster und beobachtete die wartende Gestalt. Auch später, als wir eine große Flasche Starkbier aufmachten und uns betranken, saß sie dort. Selbst am nächsten Morgen noch. Wir spielten Computerspiele. Niemand sagte etwas. Auch Bill schwieg. Es sah so aus, als traute er sich nicht aus der Wohnung. Als wüsste er etwas, was niemand sonst wusste.

Er wusste, dass jedem von uns zwei Leben zugeteilt werden. Dass es immer eine Familie da draußen gibt, die wir nie gekannt haben, aber die nach uns sucht. Auch heute Nacht sind sie draußen unterwegs, auf der Suche. Sie wollen uns sagen, wer unsere echte Mutter ist, unser echter Vater.

Passt auf, bald haben sie uns gefunden.

Sie wollen uns sagen, wie wir in Wirklichkeit heißen.

ALSO GING ICH WIEDER RUBY BESUCHEN

Ich begleitete sie in die Methodistenkirche. Normalerweise ging sie nur einmal im Jahr hin, am Muttertag, weil da die Frau mit den meisten Kindern einen Gratisobstkorb bekam. Ruby hatte dreizehn Kinder, also bekam sie jedes Mal den Obstkorb. Die alljährlichen Predigten waren ihr vollkommen egal, aber die Gratisäpfel und -orangen gefielen ihr. Deshalb überraschte es mich, als sie mich anrief und darum bat, sie diesen Sonntag zu begleiten. Es war nicht Muttertag. Es gab keinen Preis zu gewinnen. Ich borgte mir Bills Wagen und fuhr Ruby zur Kirche.

Ich saß neben ihr und hörte der Predigt zu. Sie ging in etwa so:

Eines Tages verließ ein Mann sein Zuhause. Er hatte sich mit seiner Mutter und seinem Vater zerstritten. Sie warfen einander schreckliche Ausdrücke an den Kopf, und der Sohn verließ sein Elternhaus ohne Auf Wiedersehen zu sagen. Viele Jahre blieb er fort und verbrachte sogar eine Zeit lang im Gefängnis. Als er entlassen wurde, fragte er sich, ob seine Mutter und sein Vater noch am Leben waren und ob sie sich schämten für den Streit und den weiteren Verlauf seines

Lebens. Also schrieb er ihnen einen Brief, in dem er seine Rückkehr ankündigte. Er nannte einen bestimmten Tag der darauffolgenden Woche. Er schrieb: Wenn seine Eltern ihn empfangen wollten und sich seiner nicht mehr schämten, dann sollten sie draußen auf die Wäscheleine ein Leintuch hängen, so würde er wissen, dass er willkommen war. Aber falls da kein Leintuch hing, würde er wissen, dass sie ihm nicht verziehen hatten. Dann würde er umkehren. Er fügte noch hinzu, dass er hoffe, sie seien gesund.

In der Woche darauf nahm der Mann den Zug nach Hause. Beklommen stieg er am Bahnhof aus. Es war niemand gekommen, um ihn abzuholen. Über die alten Wege näherte er sich dem Haus seiner Eltern, und ihm kamen Gedanken an seine Vergangenheit. Er dachte an die Zeit im Gefängnis. Er stellte sich die Enttäuschung seiner Eltern vor. Er rief sich die schrecklichen Ausdrücke ins Gedächtnis, die damals gefallen waren. Beinahe wollte er schon umkehren und wieder abreisen, aber da sah er zwischen den Bäumen ein Leintuch hängen. Er ging näher und entdeckte ein zweites Leintuch. Je näher er kam, desto mehr Leintücher – sie waren überall, das ganze Haus war mit Leintüchern bedeckt, auch der Hof, alles voller Leintücher, sie hingen auf der Wäscheleine, selbst der ausgetretene Fußweg bis zur Haustür war mit Leintüchern ausgelegt. Und da, in der Tür, standen seine Eltern und hießen ihn willkommen.

*

Auf dem Rückweg begann Ruby über Nathan zu sprechen. Sie sagte, sie vermisse ihn sehr. Da wusste ich noch nicht, dass dies mein letzter Ausflug mit ihr sein würde, die letzte Woche ihres Lebens.

RUBYS ENDE

Ein paar Tage danach rief mich Onkel Stanley an. Er sagte, Ruby sei im Krankenhaus. Sie sei krank. Ich fuhr am Abend zu ihr. Zuerst schien es so, als würde sie mich nicht erkennen, aber dann erzählte sie mir, der Todesengel sei ihr heute Morgen begegnet. Der Todesengel sei auf ihrem Bett gesessen. Außerdem höre sie Nathans Stöhnlaute in ihren Träumen. Ich hörte sie auch. Der Todesengel habe aber nichts gesagt, sei einfach nur dagesessen. Weder Frau noch Mann, aber eindeutig der Todesengel. Er lächelte sie an, mit schwarzen Zähnen. Ich glaubte ihr. Sie gab nicht mehr vor, sterben zu müssen. Sie war achtzig, und das war das Ende.

Also schaute ich bei Tante Mary vorbei und berichtete ihr, wie es Ruby ging. Sie sei verwirrt und allgemein in sehr schlechtem Zustand. Das sei wohl das Ende. Ich setzte mich auf das Bett und blickte zum Fenster, wo der eiskalte Regen an die Scheiben trommelte. Tante Mary setzte sich neben mich. Sie sei sich nicht sicher, sagte sie, ob sie Ruby diesmal glauben sollte oder nicht. Immerhin sei Ruby so gut im Manipulieren.

Ich blickte Mary an und sagte: »Ich glaub nicht, dass sie es diesmal vorspielt. Ich glaube, das ist das letzte Mal, dass sie ins Krankenhaus gebracht wird.«

Ich bemerkte, dass sich meine Sätze wiederholten: »Ich denke, das ist das Ende. Ich glaube, das ist das letzte Mal, dass sie ins Krankenhaus gebracht wird.«

Ich übernachtete bei Mary und Stanley. Stanley kam erst am nächsten Morgen nach Hause, mit der Nachricht, dass Ruby aus dem Krankenhaus entlassen worden sei. Er beschrieb die Szene:

Ruby sagte: »Es sieht wohl nicht so gut aus, oder, Doc?«

Der Doktor antwortete: »Nein, Ruby, sieht nicht so gut aus. Ich glaube nicht, dass wir noch irgendwas für Sie tun können.«

»Schon in Ordnung«, sagte Ruby. »Dann würde ich gern nach Hause. Ich meine, in mein richtiges Zuhause.« Der Doktor unterschrieb die Verfügung, und Ruby durfte nach Hause. Nicht zurück zu Stanley und Mary, sondern in das alte Haus. Das Haus, in dem mein Vater geboren worden war. Drinnen war nun alles voller Spinnweben, aber es war Rubys Zuhause.

Am Nachmittag fuhr ich zu ihr, und sie schien sehr glücklich. Sie saß aufrecht im Bett und lächelte, als ich hereinkam.

»Nathan ist nicht mehr da«, sagte sie, »aber er hat mir immerhin ein gutes Bett zum Sterben hinterlassen. Ich muss die ganze Zeit an meinen kleinen Nathan denken.«

Ich stand am Fuße des Betts und listete alle meine Erinnerungen auf. Etwa wie sie mir, als ich Keuchhusten hatte, die Brust mit Vick eingeschmiert hatte. Oder damals, als ich bei ihr übernachtet hatte und lange aufgeblieben war, um mit ihr den Babypuppen-Katalog durchzublättern. Ruby lächelte und sagte, sie erinnere sich an alles. Sie habe etwas für mich, aber sie sei noch nicht bereit, es mir zu geben. Sie saß da, lächelnd. Ich erfuhr nie, was das Ding gewesen war, das sie mir geben wollte. Auch jetzt noch, Jahre später, frage ich mich, was es war. Was hatte sie mir geben wollen?

KEINE AHNUNG

Ein paar Tage danach ging ich sie wieder besuchen, da lag sie im Sterben. Sie zitterte, ächzte und zitterte.

Aus irgendeinem Grund machte ich ihr Komplimente: »Du siehst gut aus, Grandma«, obwohl sie fürchterlich aussah.

Sie aß nichts mehr. Am Morgen war sie im Rollstuhl durchs Haus geschoben worden, damit sie die Räume und alle ihre Dinge noch einmal sehen konnte. Onkel Stanley presste für sie eine Orangenspalte aus und setzte sich neben ihr Bett. Dann fütterte er sie. Meine Großmutter saß da und sah aus wie ein Küken, das gefüttert wird. Das war mein erster Gedanke, als ich sie sah. Mein Onkel fütterte seine sterbende Mutter, so wie sie ihn gefüttert hatte, als er selbst ein kleines Küken gewesen war.

In diesen Stunden glich Rubys Gesicht immer mehr dem von Nathan.

Und mit Onkel Stanleys Gesicht geschah ebenfalls etwas. Es glich nun dem Gesicht von Ruby vor sehr langer Zeit. Ich fragte mich, ob sich mein Gesicht im Augenblick meines Todes in das von Onkel Stanley verwandeln würde. Eine eigene Geschichte der Gesichter.

Ein Gesicht sah aus wie das Gesicht vor ihm, und ein anderes, das ebenfalls wie das vor ihm aussah. Und so ging das immer weiter zurück, bis zum Anbeginn der Zeit. Wem würde dieses Gesicht wohl in tausend Jahren ähneln? Mir?

Ein Teil von mir wollte, dass alles vorbeiging. Onkel Terry reiste aus Kalifornien an und setzte sich an Rubys Bett. »Wirst du bald deinen Nathan wiedersehen?«, sagte er.

»Ja«, murmelte Ruby.

Ich schüttelte den Kopf und wollte, dass alles vorbeiging. Denn tief in meinem Inneren wusste ich, dass die Sterbenden und die Toten egoistisch waren.

Ich wusste es, als meine Tante sagte: »Ich weiß, so was soll man nicht sagen, aber ich wünsche mir, dass alles vorbei wäre. Ich hab so viel Arbeit. Ich weiß, das klingt schrecklich.«

Aber ich wusste, was sie meinte. Bill und Lee gingen sich am Freitag betrinken, und ich wollte mit. Ich wollte die beiden nicht versetzen. Ein Teil von mir wünschte sich, Ruby möge einfach sterben. Die Sterbenden waren egoistisch, genau wie die Lebenden.

Vielleicht wäre es okay gewesen, wenn ich nicht mehr zu ihr gegangen wäre. Aber aus irgendeinem Grund, und es war ein großer Fehler, ging ich sie doch noch einmal besuchen. Es war ein Mittwoch, und das Todesröcheln hatte bereits begonnen. Sie sah beinahe wie gestorben aus, stöhnend, voller Tod. Also ging ich nach Hause, im Glauben, sie würde den Tag wohl nicht überleben. Aber sie lebte weiter. Sie schaffte den Mittwoch und dann noch den Donnerstag. Sie kämpfte und kämpfte. Ich blieb die ganze Woche im Haus meines Onkels. Dann wurde ich früh morgens durch das Telefon geweckt.

Es klingelte und klingelte, und ich war plötzlich hellwach. Ich hörte Stanleys Stimme im Nebenzimmer.

»Okay.

Ich verstehe.

Okay.«

Dann legte er auf.

Ich hörte Mary mit ängstlicher Stimme »Stanley« sagen, aber er sagte nichts mehr. Stattdessen ging er in das Zimmer, wo Onkel Terry untergebracht war. Ich hörte die Tür. Er teilte die Neuigkeit seinem Bruder mit.

Onkel Terrys Stimme klang hastig, als versuche er schamhaft zu überspielen, dass er geschlafen hatte: »Oh, ich hab mir das schon gedacht. Ich hab mir das gedacht.«

Dann stand er auf und zog sich an.

Wir trafen in der Küche aufeinander. Meine Onkel standen in der Tür. Stanley war der siebente Sohn eines siebenten Sohns. Und Terry war der jüngste der Brüder – er war blau zur Welt gekommen und hätte wohl nicht überlebt, wäre er nicht das Erste von Rubys Babys gewesen, das in einem Krankenhaus geboren wurde.

Ich stand in Unterwäsche vor ihnen. Sie trugen Mäntel. Es war sehr seltsam. Dann streckten mir beide die Hand entgegen. Also standen wir da und schüttelten uns die Hände, als wüssten die beiden nicht, was sie sonst tun sollten. Ihre Mutter war soeben gestorben, und sie waren nun andere Menschen. Sie waren – frei?

Erst am Abend, als sie schon in die Planung der Beerdigung vertieft waren, erfuhr ich, wie Ruby gestorben war. Tante Bernice sagte, es sei gegen vier Uhr früh gewesen. Sie und Leslie wechselten sich in dieser

Nacht bei der Pflege ab. Bernice faltete gerade Kleider zusammen, als sie plötzlich ein Geräusch in Rubys Zimmer hörte.

Sie lauschte, und nach einer Weile hörte sie Rubys Stimme: »Guten Morgen!«

Ungläubig erhob sich Bernice und ging zu ihr ins Zimmer. Ruby hatte seit Mittwoch kein Wort mehr gesprochen. Als Bernice an ihr Bett trat, lebte Ruby bereits nicht mehr.

Nachdem ich mir ihren Bericht angehört hatte, saß ich da und versuchte seinen Sinn zu erfassen. Ich ging nicht los, um mich mit Bill zu betrinken und die Geschichte des Gespensts von Greenbrier zu hören oder mit ihm und den anderen Spinnern Scherzanrufe zu machen, nein, ich saß einfach da und dachte darüber nach, wie seltsam es war, dass jemand »Guten Morgen!« rief, bevor er starb. Vielleicht, so dachte ich, konnte man daraus etwas über den Tod lernen. Vielleicht galt der Morgengruß dem Todesengel, der sie holen kam. Oder vielleicht Nathans Seele, die anstelle des Engels erschien. Oder aber es bedeutete gar nichts. Nur so ein letzter Rest an Sauerstoff, der aus ihrem Gehirn entwich, ohne Bedeutung. Vielleicht hatte Tante Bernice sich verhört. Ein Röcheln im Augenblick des Todes, das bloß wie »Guten Morgen« geklungen hatte. Aber dennoch war da etwas an dem Bericht, eine Art Klartext.

Die Beerdigung fand am nächsten Tag statt. Wir versammelten uns um das Grab. Es lag zwischen dem von Nathan und dem von Elgie. Die Ehefrau meines Cousins sang ein Lied über die Liebe Jesu Christi, dabei ließ sie sich von einem auf Kassette aufgenommenen Chor begleiten. Sie drückte auf Play, ließ ihren Kopf dramatisch nach vorne kippen und begann zu singen. Dann war plötzlich ihre kleine

Tochter neben ihr und untermalte gestisch den Inhalt des Lieds. Sie bewegte ihre Hände wie in den Himmel davonfliegende Vögel. Dann imitierte sie mit ihren Armen die Wellen des Meeres. Es war Gebärdensprache. Niemand der Anwesenden verstand Gebärdensprache, aber wir verstanden jede einzelne Gebärde. Für einen Augenblick waren wir alle gehörlos.

Steve, der Pfarrer, feierte Rubys Warten auf den Tod. Sie habe den guten Nathan gepflegt, sein ganzes Leben lang. Niemals habe sie ihn verlassen – selbst dann nicht, als ihr die Leute empfahlen, ihn in ein Heim zu geben. Nein, sie habe ihn nie verlassen, weil er ihr Baby war. Sie habe abgewartet, bis er nicht mehr lebte. All die Jahre habe sie seinen Tod abgewartet, erst dann habe sie selbst gehen dürfen. Selig sind, die Frieden stiften. Aber noch seliger sind, die ihren Nächsten pflegen.

Dann brachte der Angestellte von Wallace & Wallace, wie damals bei Nathans Beerdigung, die Taubenkiste. Steve sagte: »Wir werden jetzt eine weiße Taube freilassen, eine symbolische Darstellung für Rubys Seele, die zum Himmel fliegt.«

Sie klappten den Deckel auf, und nichts geschah.

Wir warteten.

Eine schläfrig wirkende Taube erschien. Sie kletterte aus der Kiste. Sie sah aus wie eine normale graue Straßentaube, die jemand weiß angemalt hatte.

Die Taube blickte drein, als wollte sie sagen: *Was zum Teufel? Im Ernst? Was soll das? Es ist viel zu kalt für diesen Unfug.*

Der Angestellte vom Beerdigungsinstitut versuchte, sie aufzuscheuchen, aber sie blieb sitzen.

Der Priester wiederholte: »Wir werden jetzt diese weiße Taube freilassen.«

Der Angestellte versuchte es wieder. Schließlich erhob sich die Taube, schoss hoch in den Himmel, weit über unsere Köpfe dahin, aber anstatt davonzufliegen, ließ sie sich auf dem hohen Drahtzaun nieder. Der Angestellte versuchte wieder, sie zu verscheuchen, und alle begannen zu kichern und machten mit, wir fuchtelten mit den Armen und machten »Kscht! Kscht!« zum Vogel in der Höhe. Ich machte »Kscht!«. Alle machten dasselbe Geräusch.

Aber der Vogel ließ sich nicht vertreiben.

Und dabei blieb es.

Ich ging zurück zu Bills Wohnung. Ich hatte in dieser Woche fast alle Schulstunden versäumt, also musste ich am nächsten Tag hin. Bill sagte, er werde schwänzen. Ich sagte, so würde er nie den Abschluss schaffen.

In der Nacht träumte ich, dass Ruby noch lebte. Sie war durch einen geheimen Trick aus dem Sarg entkommen. Und nun war sie zurück in Danese, West Virginia, und hatte den Teufel gekidnappt. Sie stach ihm mit einer Heugabel in den Hintern. Auch in die Brust stach sie ihm, aber es kam kein Blut, und der Teufel schrie auch nicht. Der Teufel litt keine Schmerzen. Alles, was er von sich gab, war ein geflüstertes …

GUTEN MORGEN!

AM NÄCHSTEN TAG

Am nächsten Tag ging ich zur Schule. Ich hatte beschlossen, meine Ausbildung zu beenden und von hier wegzuziehen. Als ich nach Hause kam, versuchten Lee und Bill, mich von Ruby abzulenken. Wir beschlossen, ein Wrestling-Turnier im Hinterhof zu veranstalten. Naked Joe trat gegen Reinaldo an. Ich kämpfte gegen Russell und zerschlug einen Stuhl über seinem Kopf. Als Nächstes trat ich gegen Reinaldo an, und er überwältigte mich, verlor aber später gegen Bill. Unser Battle Royale endete mit einem Match Alle-gegen-Lee, bei dem alles erlaubt war. Wer immer ihn besiegen konnte, würde den Hinterhofwrestling-Championgürtel erhalten.

Bill bekam Lee beim Nacken zu fassen, ich umklammerte sein Bein, und gemeinsam versuchten wir, ihn zu Boden zu drücken. Lee schüttelte Bill ab. Reinaldo sprang auf Lees Rücken, wurde aber ähnlich mühelos abgeworfen. Ich hielt sein Bein mit meinem Körper umschlungen, und er begann zu gehen, Schritte zu machen, als wäre ich ein kleines Kind und er mein Vater, der mich durch die Welt trug. Bill sprang wieder auf Lees Rücken, aber es war zwecklos. Lee warf ihn einfach ab, und dann schüttelte er mich von seinem Bein, als wäre ich ein schwerer Stiefel. Er lachte und rief: »Trau dich nur, du dürrer, zwangsgestörter Wicht.«

Wir hatten keine Chance gegen ihn.

Wir waren Verlierer. Anders als Lee. Lee war der größte Verlierer von uns allen, und er konnte es auch beweisen, denn er war der Inhaber des Hinterhofwrestling-Championgürtels. Er WAR der Champion.

Bill blickte hoch zum dämmrigen Himmel und erzählte uns die Geschichte des Gespensts von Greenbrier. Dann sagte er, er gedenke, sich demnächst zu verlieben. Wir alle sollten versuchen, uns zu verlieben. Liebe sei sein Schicksal. Er deutete in Richtung eines Berges und nannte uns dessen Seehöhe. Dann deutete er zu einem anderen Berg und nannte uns dessen Seehöhe. Wir saßen alle im Gras und träumten davon, die Berge zu besteigen, bis an die Spitze, und von oben herunterzublicken auf die geisteskrank riesigen, von Blut und Liebe durchpumpten Herzen der Menschen. LIEBE: der große Zerstörer aller Dinge.

BILL VERLIEBT SICH

Er war natürlich schon früher verliebt gewesen. Eines Tages kam er in der Schule an einem Mädchen vorbei. Sie lächelte ihn an, und er dachte: Ah, ich bin verliebt.

Am Abend fragte er: »Du kennst doch dieses blonde Mädchen in der Schule?«

»Was?«

»Dieses blonde Mädchen.«

Klar, sagte ich, das reiche natürlich vollkommen aus als Beschreibung.

Bill erklärte, sie habe ihn heute angelächelt. Und zwar, weil sie ihn möge.

Ich schüttelte nur den Kopf und starrte Bill an. Dann erklärte ich ihm, dass das überhaupt nicht bedeuten müsse, dass sie ihn mochte.

Er lächelte mich an. Dann sagte er, ich sei eifersüchtig.

Was zum Teufel?

Später ging er in seinem Zimmer auf und ab, stemmte Gewichte und betrachtete seine Muskeln im Spiegel der dunklen Fenster. Dann stellte er sich vor den echten Spiegel, fuhr sich mit den Fingern durch das dicke rötliche Haar und sagte: »Den Mädchen gefallen meine roten Haare. Sie haben alle vergessen, dass mir meine Mutter immer den Kopf rasiert hat, wenn ich Läuse hatte.«

Dann spannte er die Muskeln an. Ich tat so, als hörte ich ihm nicht zu.

Er fuhr sich wieder durchs Haar und sagte: »Du bist doch nur eifersüchtig. Eifersüchtig, weil du keine so schönen roten Haare hast.«

Dann wieder Muskeln, Posieren, Hin- und Herdrehen vorm Spiegel. Er zog sich das Hemd aus. Seine Brustwarzen waren groß und rot. Ich ermahnte ihn, nicht mit nacktem Oberkörper herumzulaufen. Seine Bill-Titten seien wie Mädchen-Titten, erklärte ich, zumindest von einem bestimmten Winkel aus. Er solle sie auf keinen Fall der Blonden in der Schule zeigen, die würde sonst ihre Sexualität infrage stellen.

Was zum Teufel?

Am nächsten Morgen setzte sich Bill gleich nach dem Aufstehen an seinen Schreibtisch. Er schrieb irgendetwas in ein Notizbuch. Ich ging zu ihm und schaute ihm über die Schulter. Im Notizbuch stand *W W W*, dann noch ein *W* – alle in einer Reihe. Er schrieb nur diesen Buchstaben.

»Was machst du da?«, fragte ich.

»Ich übe Ws.«

»Warum übst du Ws?«

»Mädchen stehen auf Typen mit eleganter Handschrift.«

Was zum Teufel?

Am nächsten Tag verfasste er ein Gedicht. Er brauchte einige Stunden dafür. Am Abend kam er zu mir und zeigte es mir. Ich las es.

»Oh my love my darling. / I hunger for your touch / a long, lonely time.«

Es kam mir irgendwie bekannt vor. Aber ich las weiter. »And time goes by so slowly and time can do so much.«

Es war der Liedtext von *Unchained Melody*.

»Das ist *Unchained Melody*«, sagte ich.

»Nein.«

»Doch. Du hast einfach den Text des Lieds aufgeschrieben. Das ist kein Gedicht, du hast bloß das Lied kopiert.«

»Hab ich nicht!«

Aber es stimmte. Dann begann Bill, die Melodie zu summen. Ich sah die Veränderung. Bill hatte sich verändert, weil er die Worte des Liedtextes ernst meinte. Seine Augen sagten: »Wohin? Was nun?« Dann sagte sein Mund das traurigste Wort der Welt: »Morgen.«

Was zum Teufel?

ABER BILL LIEBTE NIEMANDEN SO SEHR WIE …

JANETTE

Zu dem Zeitpunkt wusste ich noch nicht, dass das Gedicht für sie war. Janette war ein groß gewachsenes Mädchen, das in der Siedlung hinter der Tankstelle wohnte. Durch unser Schlafzimmerfenster konnte man die Tür ihres Wohnhauses sehen. Seit sie die Schule abgebrochen hatte, arbeitete sie bei irgendwelchen Leuten als Putzhilfe und betreute außerdem eine alte Frau, die nebenan wohnte. Eines Tages hatte sie den Fehler begangen, Bill freundlich zu grüßen, als sie an ihm vorbeiging. Im Unterschied zu den anderen Mädchen ignorierte sie ihn nicht. Mehr brauchte es nicht. Bill kam in mein Zimmer und verkündete, Janette habe soeben »Hi!« zu ihm gesagt. Jetzt sei er endlich richtig verliebt. Die Geschichte mit den Läusen liege weit hinter ihm. Ein Mädchen mochte ihn!

Er rief sogar seinen Großvater an, um ihm von seiner neuen Mission zu berichten. Ich saß auf dem Bett neben ihm und hörte dabei zu, wie Bill seinem neunzigjährigen Großvater alles erklärte:

»Hey, Paw!«, sagte er. »Hey, Paw! Wie geht's dir?«

Der Großvater verstand nichts, also begann Bill zu brüllen.

»Hey, Paw! Hör zu, ich mach da einer den Hof!« Eine Pause. Dann:

»Ja, ich geh immer noch zur Schule.«

Ich musste über seine Verwendung des Ausdrucks »den Hof machen« lachen. Bill bemerkte es und lachte ebenfalls, aber redete gleich weiter auf seinen Großvater ein.

»Den Hof machen, Bill?«, fragte ich. »Meinst du das ernst? Kein Wunder, dass dich keine ranlässt.«

Dann hörte ich auf zu lachen, weil es mir selbst ja nicht viel besser ging. Mich ließ auch keine ran.

Als Nächstes schlug Bill den Nachnamen von Janettes Mutter im Telefonbuch nach. Ob er ernsthaft vorhabe, da jetzt anzurufen, bloß weil sie ihn gegrüßt hatte? Er antwortete nicht. Er wählte die Nummer.

Er wartete. Dann sagte er: »Hey, Janette. Hier ist Bill.«

Dem folgte eine längere Pause. Bill sprach weiter:

»Bill. Der Typ mit den roten Haaren.« Wieder eine Pause. »Nein. Rote Haare. Ja, genau … Oh, also, du hast heute ›Hi‹ zu mir gesagt.«

In diesem Augenblick kam Naked Joe herein und wollte wissen, was wir taten.

Ich erklärte ihm, dass Bill mit Janette telefonierte.

»Was zum Teufel?«, sagte Naked Joe. »Das tut man doch nicht.«

Dann ging er sich ein Frühstück machen. Er aß Müsli. Lachend und kauend sagte er: »Na, der traut sich was für jemanden, der Fat Jimmy einen Blowjob angeboten hat.«

Ich fragte ihn, ob er nur gekommen war, um uns das Essen wegzuessen.

Naked Joe sagte, er sei hungrig. Ich sagte, er solle sich verziehen. Aber er aß das Müsli fertig, bevor er aufstand und nach Hause ging.

Janette hatte unterdessen immer noch nicht begriffen, wer sie da anrief. Aber Bill blieb mutig: »Also, ich wollte nur fragen, ob du vielleicht was mit mir unternehmen möchtest, zum Beispiel morgen.«

Janette sagte ihre Antwort.

»Ja, was mit mir unternehmen, genau«, sagte Bill. »Das hab ich gemeint. Möchtest du morgen was mit mir unternehmen?«

Janette sagte, sie habe bereits etwas anderes vor.

»Oh, okay, danke«, sagte Bill, bekam Panik und legte schnell auf.

Es war, als wäre ihm das mit Fat Jimmy wieder eingefallen.

Er fragte sich offenbar immer noch, ob die Geschichte wahr war.

Vor ein paar Monaten hatte Lee seinen Kumpel Fat Jimmy um Hilfe gebeten, weil Bill so besoffen gewesen war, dass man ihn hinauf in die Wohnung hatte tragen müssen. Fat Jimmy war ein großer schwarzer Typ, der gegenüber im 7-Eleven arbeitete. Am nächsten Tag zog Lee Bill auf, indem er behauptete, Bill habe Fat Jimmy angeboten, ihm den Schwanz zu lutschen. Lee beschrieb die Szene: Bill öffnete die Augen, erblickte Jimmy und sagte: »Fat Jimmy, möchtest du dein Dingdong in meinen Mund stecken? Ich lutsch dir dein Dingdong, Fat Jimmy.«

Lee fügte hinzu: »Das war so peinlich für mich, weißt du, wir tragen dich da die Treppe hoch, und du bietest ihm irgendwelche sexuellen Dienste an. Jimmy wollte uns nur helfen. Irgendwie mussten wir dich ja hochtragen, du warst komplett besoffen. Und was machst du, du versuchst, ihn zu verführen. Ich glaube, Jimmy war das auch unangenehm.«

Natürlich drehte Bill vollkommen durch und begann, seine Sexualität zu hinterfragen.

Bill fragte mich: »Glaubst du, ich hab wirklich zu Fat Jimmy gesagt, was Lee behauptet?«

»Was meinst du?«

»Ob ich ihm das angeboten habe, was Lee behauptet.«

Ich sagte, er solle sich darüber nicht den Kopf zerbrechen. Letztendlich seien wir doch alle schwul. Bill sagte nichts.

Am nächsten Abend hatte er wieder das Telefon in der Hand.

»Hey, Janette«, sagte er. »Hier ist Bill Crankshanks.«

Eine Pause.

»Ja, genau, Bill. Ja. Der Typ mit den roten Haaren, der gestern schon angerufen hat.« Und er wiederholte seine Frage: »Möchtest du morgen vielleicht etwas unternehmen?«

Ihre Antwort war dieselbe wie am Vortag. Aber Bill begriff immer noch nicht.

Er begriff nicht, dass sie NEIN bedeutete.

»Okay, aber vielleicht dann übermorgen?«, fragte er.

Eine Pause.

»Oh, schon in Ordnung«, sagte er. »Und am Tag danach?«

Da sei leider Valentinstag, sagte Janette.

Am Valentinstag kaufte Bill Blumen für Janette. Er hatte vor, sie als Überraschungsgeschenk vor ihrer Tür abzulegen. Am Abend wollte ich Bücher zur Bibliothek zurückbringen. Bill begleitete mich, mit den Blumen. Draußen war es windig, und Blätter trieben durch den Hof. Als der Wind stärker wurde, klappte ich mir den Kragen hoch. Bill stand unter der Robinie und blickte mir hinterher. Dann rief er: »Hey, Scott, du weißt nicht zufällig, welche Tür es war? Ich kann's von hier aus nicht erkennen. Kannst du mich vielleicht begleiten?«

Ich drehte mich um, in der Hand den Stapel Bücher, und sagte: »Einfach die da drüben.«

Dann stand ich da.

Naked Joe war ebenfalls draußen vorm Haus, er rauchte eine Zigarette. Er sagte zu Bill, Janette sei ein Partygirl. Bill antwortete nichts. Ich sagte zu Joe, er solle still sein, aber er redete weiter. Er wette, er könne heute Abend zu ihr gehen und sie würde ihm einen blasen.

Ich wiederholte, er solle still sein. Bill sagte immer noch nichts. Dann begann er, die Allee hinunterzugehen, mit seinen Blumen. Er wollte sie unbedingt abliefern.

Eine Weile stand ich da, dann rief ich ihm hinterher: »Hey, soll ich dich begleiten?«

Bill dachte kurz nach. »Nein. Ist schon in Ordnung.«

Also sagte ich Okay und drehte mich um, um zur Bibliothek zu gehen. Aber dann bekam ich ein ungutes Gefühl.

Ich drehte noch einmal um und rief Bill zu, er solle die Blumen lieber mir geben.

Wir gingen gemeinsam zu Janette.

Unterwegs verlor Bill für einen Moment die Nerven und musste stehen bleiben.

»Ich glaube, ich möchte lieber warten«, sagte er.

»Brauchst nicht nervös sein«, sagte ich. Er sagte, er sei nicht nervös, aber als ich seine Hände sah, fiel mir auf, dass sie zitterten. Also ließ ich ihn und ging zur Bibliothek.

Eine Stunde später, als ich zurückkehrte, hatte Bill endlich den Mut gefunden, um Janette die Blumen zu bringen. In der Zwischenzeit hatten sich alle aus unserer Wohnung unten versammelt, um ihn anzufeuern.

Bill, Bill, Bill.

Bill rannte los durch die Dunkelheit, übers Gras, auf Zehenspitzen wie ein Dieb auf der Flucht, und als er bei der Tür ankam, legte er die Blumen dort ab und drückte auf die Klingel. Dann machte er kehrt und rannte zurück, ohne zu bemerken, dass es die falsche Tür gewesen war. Er war zu nervös gewesen.

Lee rief ihm zu: »Nein, Bill! Nein! Das ist die falsche Tür!«

Aber Bill hielt auch das für Anfeuerungsrufe. Er rannte auf uns zu.

Die Person, die hinter der falschen Tür wohnte, hatte die Blumen inzwischen entdeckt und mit hineingenommen.

Und so musste Bill umkehren und die Blumen zurückfordern.

Er klopfte an. Die Tür ging auf. Bill begann zu sprechen. Die Blumen wurden ihm ausgehändigt. Er legte sie vor der richtigen Tür ab. Klingelte.

Lee flüsterte: »Schau dir diesen verrückten, wunderbaren Bastard an.«

Als wir alle wieder oben in der Wohnung waren, rief Bill bei Janette an und fragte, ob sie die Blumen bekommen habe.

Sie sagte Ja, danke.

Den ganzen Abend hörte Bill nicht mehr auf zu grinsen. Er saß auf dem Bett, und wir tranken Bier, und er erzählte irgendwas über Schottland. Es sei ein Traum von ihm, die Berge dort zu besteigen. Die Berge in Schottland würden nämlich genauso aussehen wie die Berge hier. Dann sprach er über seine Familie.

Da war zum Beispiel sein Onkel Dan, und der Alte, und Jay, und Bills Vater Butch, der keine Brücken überqueren konnte. Wenn er irgendwohin fahren musste, brauchte er mitunter mehrere Tage, weil er alle Brücken umgehen musste. Brücken brächten ihm Unglück.

Bills Onkel Dan war bipolar und litt an Agoraphobie.

Ein bisschen schizophren sei er auch, sagte Bill. So hatte es der Arzt beim Militär damals tatsächlich ausgedrückt: »Er ist ein bisschen schizophren.«

Um diese Zeit fasste Dan den Entschluss, Präsident Carter zu retten. Die Stimmen, die er hörte, erklärten ihm, der Präsident sei in Gefahr und Dan sei der einzige Mensch, der ihm helfen könne. Nur er könne Carter vor den Dämonen und den verfluchten Teufelsanbetern bewahren. Dans Name für die Dämonen und die verfluchten Teufelsanbeter lautete: Republikaner.

Dan war seit zwei Jahren nicht mehr aus dem Haus gegangen. Vor zwei Jahren hatte er seinen Chevy unter einer Eiche geparkt, war ins Haus gegangen und dort geblieben, bis er schließlich den Entschluss fasste, Präsident Carter zu retten. Die Eiche war einige Hundert Jahre alt.

Auch das Auto hatte sich seit zwei Jahren nicht vom Fleck bewegt. Nun kam Dan aus dem Haus, ließ den Motor an, der erst beim vierten Versuch nachgab, und fuhr los. Kurz danach fiel der uralte Eichbaum um, *krach*, direkt auf die Stelle, wo der Chevy gestanden hatte. Niemand wurde verletzt. Der Baum fiel einfach um, als wäre er nicht von seinen Wurzeln, sondern von Dans Chevy aufrecht gehalten worden. Ein Beweis dafür, dass seine Halluzinationen ihm Glück gebracht hatten. Es war immer ratsam, auf die Stimmen im Kopf zu hören und sich genau an deren Anweisungen zu halten.

Dan fuhr die 81 hinunter, in Richtung Präsident Carter. Nach einer Weile kam es zu einer Verfolgungsjagd mit der Polizei. Am Ende hatte er neun Polizeiautos zu Schrott gefahren. Er wurde überwältigt und in eine Gefängniszelle in irgendeiner Ortschaft gebracht. Es war ein Bezirksgefängnis, mit einer Reihe identischer Zellen. Dan war vollkommen überdreht und manisch. Er entwickelte übermenschliche Kräfte. Er packte das Waschbecken und riss es aus der Wand. Also brachten sie ihn in eine andere Zelle. Aber auch dort riss er das Waschbecken aus der Wand. So ging das ein drittes Mal, bis sie ihn mit Handschellen am Bettgestell fixierten.

Sie brachten ihn nach Weston in die Psychiatrie. Erst nach sechs Monaten durfte er Besuch empfangen. Also bereitete der Alte, Dans Vater, der immer für seine Jungen gekocht hatte, drei Tage lang eine große Mahlzeit vor: Brathuhn, mehrere Töpfe mit Kartoffelpüree und dazu einen riesigen Schokoladekuchen. Genug für zehn Personen.

Der Alte sprach nie ein Wort, nicht einmal einen Fluch. Wenn man ihn fragte, ob es ihm gut gehe, nickte er bloß. Wenn ein Zimmermann zu ihm in den Holzzufuhrbetrieb kam, um irgendeine spezielle Holzsorte zu kaufen, ging er einfach los und zeigte ihm die gewünschte Ware. Er sagte nichts, er fluchte nicht. Nicht einmal ein *Scheiße* oder ein *Verdammt.* Nichts.

Sie brachten das Essen nach Weston und meldeten sich an. Sie hatten vor, zusammen mit Dan ein Picknick zu machen. Als Dan schließlich kam, winkte er, anstatt allein zu seiner Familie zu gehen, all die anderen Psychiatriepatienten mit sich. »Wollt ihr mitessen? Wollt ihr mit? Was essen?« Die Antwort der Patienten des West Virginia State Mental Hospital lautete einstimmig: Ja. Also folgten sie Dan, eine Armee von Verrückten. Eine dicke Frau war unter ihnen. Sie nahm den Schokoladekuchen und aß ihn in drei oder vier Bissen auf. Ihr Gesicht war voller Schokolade.

Der alte Mann, der alles gekocht hatte, sagte nichts. Nicht einmal bei der Verabschiedung. Er schwieg auf der Rückfahrt. Er schwieg, als sie in die Garage fuhren. Aber dann öffnete er den Mund und sagte endlich doch etwas. Beim Betreten des Hauses sagte er mit aller Ruhe: »Die fette Sau im Irrenhaus hat den ganzen Kuchen aufgegessen.«

Bill war immer noch aufgeregt wegen Janette, als er diese Geschichten erzählte. Er trug einen unechten Kilt, während im Videorekorder *Braveheart* lief. Ich ertappte ihn sogar dabei, wie er die letzten Worte des Freiheitskämpfers William Wallace lautlos mitsprach: »Freiheit.«

Ob er gerade »Freiheit« gesagt habe, fragte ich. Er stritt es ab. Ich fragte, warum er sich diesen Scheiß anschaue und warum er sich ein Handtuch um die Hüften geschlungen habe. Er antwortete, Janette würde ihn lieben.

Er würde mit ihr nach Schottland ziehen.

Dann konzentrierte er sich wieder auf den Film und flüsterte »Freiheit«.

An jenem Abend war er so glücklich, also ließ ich ihn in Frieden.

Bill begann, von seinem Vater Butch zu erzählen.

Butch hatte den größten Kopf, den man sich vorstellen konnte. Auf diesem unförmigen Kürbis trug er eine Kappe mit verstellbarem Gurt, immer an der weitesten Stelle, immer zum Zerreißen gespannt.

Seinen ersten echten Job hatte Butch bei einer Sägefabrik, etwa eine Stunde von zu Hause entfernt. An einem seiner freien Tage entschied er sich, zu Fuß zum Postamt zu laufen. Es war Winter, und überall lag Eis. Die Treppen vor dem Postamt bedeckte eine Eisschicht, auf der er ausglitt. Während er fiel, blickte er nach oben und sah einen seiner Flipflops durch die Luft segeln, aufwärts, in Zeitlupe. Der Flipflop flog so hoch, dass er auf dem Dach des Postamts landete. Butch erlitt bei dem Sturz einen Bruch von Kiefer und Wangenknochen, und er verlor ein paar Zähne. Sein ganzes Gesicht war gebrochen.

Also kehrte er in seine Wohnung zurück und rief seinen Vater an. »Hey, Pa, ich hab mir gerade das Gesicht gebrochen, und ich glaube, ich brauche Hilfe. Könnt ihr herkommen und mich in die Notaufnahme bringen?«

Der Alte blieb ganz ruhig und sagte: »Ist schon in Ordnung, mein Sohn. Heute ist es ein bisschen spät, um noch zu fahren. Aber wir kommen dann morgen zu dir.«

Sein Sohn hatte sich gerade das Gesicht gebrochen, wohnte nur eine Stunde entfernt, aber sein Vater wollte lieber erst am nächsten Tag kommen.

Wir lachten über die Geschichte und beschlossen, zum Postamt zu gehen und den verlorenen Flipflop seines Vaters zu holen. Wir stellten uns vor, dass das Ding nach all den Jahren immer noch dort oben lag, auf dem Dach, und darauf wartete, wieder getragen zu werden. Wir wussten: Der Fuß, der ihn tragen würde, wäre der Fuß eines freien Mannes.

Bill lachte. Er sagte: »Sie sind gar nicht fort.« So etwas wie Gespenster gebe es gar nicht, da die Toten uns nicht heimsuchten. Er sagte, Ruby sei nicht fort. Nathan sei nicht fort.

Sie seien hier bei uns.

Sie halten unsere Hand und flüstern uns jenes Wort zu, das wir auch eines Tages flüstern würden. Sie flüstern: FREIHEIT.

FREIHEIT?

Aber dann kam Lee am nächsten Morgen zu uns und weckte Bill auf: »Hey, Bill, steh auf und schau aus dem Fenster – da ist Janette.«

Ich stand auf und schaute hinaus. Was ich sah, gefiel mir nicht. Naked Joe. Ich sagte zu Lee: »Nein, lass ihn schlafen. Sag's ihm lieber nicht.« Aber Lee rüttelte Bill wach. Also stand Bill auf und ging zum Fenster. Und er sah es: Naked Joe gab Janette einen Kuss, als er aus ihrem Haus trat. Sie fasste in Joes Hose und rieb seinen Schwanz. Dann lachten beide. Er hatte die Nacht bei ihr verbracht. Bill saß nur da und starrte hinaus. Er sagte nichts.

Es war, als gingen ihm unsere Vorfahren im Kopf herum, die in ihren Schiffen die Einsamkeit der Meere durchquert hatten, um fortan in den Bergen zu leben, und als sie hier ankamen, war es nicht das Wort *Freiheit*, das sie einander zuflüsterten, sondern ein anderes. Das einzige Wort, das sie jetzt auf den Lippen führten, das Wort, das wir alle eines Tages sagen müssen: SCHEISSE.

JANETTE, TEIL 2

Nach der Sache mit Janette verlor Bill an Gewicht. Er wirkte vollkommen verwandelt. In seiner Geschichte gab es nun die FB-Periode und die SB-Periode. Fetter Bill, Schlanker Bill. Er sah aus wie eine dieser Wackelkopffiguren, mit viel zu großem Schädel auf Bleistiftkörper.

Eines Tages schaute ich ihn an und sah die Veränderung.

»Du liebe Zeit«, sagte ich.

Er trug vier Lagen Kleidung zur Schule. Er aß nur noch Erdnussbutter-Sandwiches. Eines zu Mittag, eines zu Abend. Dazu neun Gläser Wasser. So magerte er immer weiter ab.

In der Schule las ich in einem Buch, dass sich alles veränderte, sogar hier in Crapalachia. Die Bergarbeiter verwandelten sich in Maschinen, die Holzarbeiter ebenfalls, und die winzigen Landstraßen wurden Interstates, und die kleinen Ortschaften verwandelten sich in Drive-Thru-Fastfoodrestaurants und Tankstellen – und die Einwohner verwandelten sich in Angestellte, die Touristen bedienten und diese mit ihrem Akzent zum Lachen brachten.

Ich las von Menschen, die andere Menschen gegen Geld den Fluss hinunterbeförderten. Oder sie verlangten Geld fürs Bergsteigen. Alle arbeiteten in Restaurants, in denen Touristen sich über ihren Akzent lustig machen konnten. Die Besucher zahlten für Dinge, die eigentlich gratis waren. Die Leute von hier mussten den Fluss nicht mit einem teuren Kajak befahren, um an seine Existenz zu glauben. Sie stiegen nicht einfach so zum Spaß auf Berge. Es genügte, dass der Fluss ein Fluss war und der Berg ein Berg – und dass in seinem Inneren wiederum Berge waren.

Abends begann Bill meist über das Leid zu sprechen, das Menschen einander zufügen. Er höre Stimmen, sagte er, und es sei sehr anstrengend, immer wieder denselben Gedanken zu denken. Ich fragte ihn, ob er je an Selbstmord gedacht habe. »Ja«, sagte er. Dann fragte er mich dasselbe. »An jedem einzelnen Tag«, sagte ich.

Am nächsten Morgen begann Bill damit, sich pausenlos zu wiegen. Er stellte die Waage mitten ins Zimmer. Nach dem Aufstehen ging er als Erstes hin und stellte sich auf die Trittfläche. Er las sein Gewicht ab und ging zurück ins Bett. Dort trank er ein Glas Wasser. Und ging wieder zur Waage. Er stellte sich auf die Trittfläche und las sein Gewicht ab. Dann wiederholte er den ganzen Ablauf. Immer und immer wieder – fünfzig Mal am Tag.

In der Schulkantine aß er nicht mehr Sandwich, Salat und Hamburger so wie früher, sondern immer nur das gleiche Erdnussbutter-Sandwich. Plus neun Gläser Wasser. Den ganzen Tag trank er Wasser. Ein Glas nach dem anderen, bis sein Magen voll war. Es war beeindruckend. Er trank das ganze Wasser und wurde dabei immer mürrischer und zorniger.

In der Geschichtsstunde lasen wir etwas über das Gespenst von Greenbrier und über die Todesfälle beim Bau des Hawk's-Nest-Tunnels. Texte über die Veränderungen unserer Heimat. Ich las einen Text über die Katastrophe im Bergwerk von Sago. Die Männer hatten eine Explosion unter Tage überlebt, aber nun war der Sauerstoff so knapp, dass sie sich in eine Ecke des Stollens zurückzogen, hinter einen dicken Vorhang aus Gummi. Der sollte sie eine Weile vor dem Kohlenmonoxid beschützen. Sie setzten Atemmasken auf, aber trotz allem blieb ihnen nur etwa eine Stunde mit atembarer Luft. Also nutzten sie diese Zeit, um Abschiedsbriefe an ihre Kinder und Ehefrauen zu verfassen. In den Briefen standen Dinge wie:

Richte allen aus, dass ich sie dann im Jenseits wiedersehen werde.

Es war nicht schlimm. Ich bin einfach eingeschlafen. Ich liebe euch. Jr.

Euer Daddy hat nicht leiden müssen.

Nachdem Bill so viel abgenommen hatte, veränderte sich sein Wesen. Jede kleinste Irritation ließ ihn die Beherrschung verlieren. Eines Abends beklagte er sich endlos über irgendwas, das ihn störte. Bill und Lee begannen sich zu streiten.

Lee sagte irgendetwas, das Bill wütend machte. Schließlich rief ich: »Was ist eigentlich los mit dir? Der neue Schlanke Bill ärgert sich nur noch über alles. Ich mochte den Fetten Bill lieber.«

Bill starrte oft lange aus dem Fenster, hinüber zu Janettes Tür. Er saß da und starrte. Dann riss er sich los und ging weg. Aber dann kehrte er gleich wieder zurück, bis er sich wieder losriss. Und so hin und her, eine Million Mal.

»Scheiße, Bill, jetzt hör zu«, sagte ich. »Die sieht das doch, dass du da die ganze Zeit zu ihr hinüberstarrst. Die kriegt doch Angst.«

Aber er tat es wieder und wieder.

Und in der Schule lernten wir weiter über die Vergangenheit. Die Rettungskräfte drangen ins verschüttete Bergwerk von Sago ein und fanden die Bergarbeiter. Sie waren noch am Leben. Alle. CNN berichtete, dass alle bis auf einen lebendig geborgen wurden. Am selben Abend gewann das Footballteam der West Virginia University ein Spiel. Der Gouverneur sagte, es sei eine Nacht der Wunder. Aber es war alles ein Missverständnis. Die Funkgeräte funktionierten nicht richtig. Die Bergarbeiter hatten nicht überlebt. Sie waren alle tot. Alle tot, außer einem. Sein Name war Randal McCoy. Ein junger Mann Mitte zwanzig, mit einer jungen Frau und zwei Kindern. Man nimmt an, dass die älteren Männer ihren Sauerstoff mit ihm teilten, damit er zu seiner jungen Frau und seinen kleinen Kindern zurückkehren konnte.

Der junge Mann schaute zu, wie die älteren Männer einer nach dem anderen einschliefen. Dann wurde es still in der Grube.

Am Abend war Bill in seinem Zimmer und machte so was wie Sit-ups, mit nacktem Oberkörper. Fast jede Woche schien er irgendein neues Trainingsgerät auszuprobieren. Zuerst war es der Ab Cruncher 100, dann der Ab Buster 3000. Oder er machte die Übungen, so schnell er konnte, und zählte – 1, 2, 3, 4, 5, 6, 7, 8 – mit schweißbedecktem Gesicht.

Er stand auf und sagte: »Puh, das waren noch mal 500 Sit-ups.«

Dann ging er seine Muskeln im Wandspiegel studieren. Anschließend starrte er aus dem Fenster.

Natürlich bekam Janette nach einer Weile wirklich Angst vor ihm. Jeden Tag starrte dieser Typ zu ihr herüber, auch wenn sie zur Arbeit ging. Irgendwann hatte sie genug und rief die Polizei.

Der Polizist besuchte uns am Nachmittag. Es gebe Beschwerden über jemanden, der die ganze Zeit aus dem Fenster starre. Der Polizist sagte, Bill sei deswegen noch nicht in Schwierigkeiten, aber er mache der jungen Frau Angst.

Ich sagte, es sei schon okay. Bill leide eben an Zwangsneurosen.

»Bitte?«, sagte der Polizist.

Ich sagte, es sei schon okay. Bill würde nicht mehr aus dem Fenster starren.

Am Abend, als ich nach Hause kam, sah ich Bill und Lee ein Leintuch ausbreiten. Sie standen auf Stühlen und hängten das Leintuch mit Wäschekluppen vor das Fenster. Es sollte Bill davon abhalten, aus dem Fenster zu starren und Janette Angst einzujagen. Jetzt war der Raum total dunkel. Natürlich ging Bill trotzdem immer wieder zum Fenster, lüpfte das Leintuch an einer Ecke hoch und linste hindurch. Immer, wenn ich aus dem Fenster schauen wollte, musste ich das Leintuch wegziehen. Es hing vier Monate lang in unserem Zimmer.

Dann verkündete Bill eines Tages, Janette sei ihm gleichgültig geworden. Er habe eine neue Freundin. Und komme gerade von einem

Date mit ihr. Sie seien zusammen im Kino gewesen. Er verriet nicht, woher er sie kannte.

»Hast du sie geküsst?«, fragte ich.

»Na ja, es war ja das erste Date«, sagte er.

Und welcher Film?

Er lachte.

Er hatte keine Ahnung.

Ich fragte nicht nach ihrem Namen, weil ich wusste, dass er den auch nicht wusste.

Dann setzte er sich an den Schreibtisch. Er schaltete seine Musik ein und begann, den Buchstaben W zu üben. *I close my eyes …*

Wenn ich heute an Bill denke, sehe ich ihn immer mit den für Janette bestimmten Blumen in der Hand. Es ist Valentinstag. Er steht vor ihrer Wohnung, es ist dunkel, und ich habe die Hände voller Bibliotheksbücher. Bill steht vor einer Hecke, in der Hand die Blumen. Der Wind zaust ihm den roten Haarschopf. Ich klappe mir den Mantelkragen hoch und beobachte Bill.

»Du weißt nicht zufällig, welche Tür es war, Scott?«

Ich sehe ihn, wie er da steht in der Dunkelheit des Valentinstages, und der Wind knickt die Blumen in seiner Hand.

Deshalb habe ich Bill in die Liste jener Leute aufgenommen, die ich in meinem Leben geliebt habe. Ich wollte ihre Namen festhalten, sodass ich mich später, wenn alle anderen sie vergessen haben, an sie erinnern kann. Eine Liste all jener, die einen Platz in meinem Herzen haben. Auch wenn ich ihre Gesichter nicht mehr sehen werde, werde ich immerhin eine Liste haben.

DIE LISTE FÄNGT SO AN

Gary McClanahan, Audrey Karen McClanahan, Audrey Karens Geschichte ihrer Familie, Nell Jones, Samantha (Hund), Nanook (Hund), Midget (Hund), Razy (Katze), Buddy (Hund), Iggy (Katze), Stanley, Stirley, Leslie McClanahan, Tante Bernice, Tante Mary, Monte und Lisa, Onkel Larry, Tante Mary Ellen – die schönste Frau, die ich je gesehen habe, ihre Kinder, Mary die Putzfrau, Lil Bill, Big Bill, Elgie McClanahan, Russell Wilson, Mickey Hawkins, Mike Chapman, Wayne Tiller, Brent Sanford, Jason Taylor, Jay Lilly, Ricky Duggan, Nicole Owens, Ammie Costa, Reinaldo Lopez, Keith Cordial, Jenna D, Chastity Burns, Tracy und die Fury's, Keith und Eric Fogus, Carl Taylor, Robbie Bragg, Ulysses Phipps, Chad Tabor, und von der Kirche: Joyce Hanshew, Melvin Hanshew, Ada und Harold Sifers, Ruby Hanshew, Harold Hanshew, George und Lena Deitz, Blaine und Aline Cook, Blaine Duncan, die Gwinns, Gary Redden, Charlie und Janette Redden, Viven und Ruth Bragg, das Footballteam: Joey Fitzwater, Bill Bob, das Baseballteam: Boozy, Aaron Brown, Ryan Crookshanks, Kim Maguire, Mandi Demoss, die Rechtsstudenten, die ich heimlich verachtete, Charlie und Dan, Ja Ja, Tom Maguire, Arlene Maguire, Chris Oxley, Lisa Griffin,

Tim Keenan, Colin Worthington, Tammie Toler, Karen Angle, Jo Price, Sherry Koon, Mrs. Walker, Kenny Walker, Charlene Green, J. C. Dunbar, Patti Milam, Trainer G., Casey Whitlow, Dr. David Bard, Dr. Baker, Dr. William Ofsa, Rosalie Peck, John Turner, Tante Lynn, Mark, Marz Attar, Tom Attar, Carrie Sanders Turner Ricks Attar Sanders, Wood und A, Tia und Fay, Sue Sanders, Sarah Turner, Sarah McClanahan, Iris Grace McClanahan, Samuel Ray McClanahan.

Diese Namen sind meinem Herzen eingeschrieben, aber das Herz wird auch eines Tages sterben. Also habe ich sie hier in dieses Buch übertragen, damit sie länger bleiben. Falls man dieses Buch für ein Feuer braucht, kann man es gern für ein Feuer verwenden. Dann leben diese Namen im Inneren der anderen Namen weiter, im Inneren der unsichtbar verflockenden Asche. Im Geheimherzen meines Lebens brennt genug Feuer, um sie lange warmzuhalten.

Falls ihr einen dieser Namen wiedererkennt, schreibt mir bitte. Oder, noch besser, kommt mich besuchen. Erzählt mir von ihrer Rückkehr. Erzählt mir, dass sie noch leben und dass es ihnen gut geht.

Und im Gegenzug erzähle ich euch auch etwas.

Ich erzähle euch, dass Gespenster bei euch umgehen.

Ich weiß, dass mit der Zeit neue liebe Namen in die Liste aufgenommen werden. Die wunderbare Eleanor Gould.

Sie warten da draußen, irgendwo. Ich bin dabei, sie zu suchen.

Ich werde euch finden.

DER EINBRUCH

Und dann beging Bill eine Dummheit. Eines Abends regte ihn irgendetwas so auf, dass er vor Wut in die Schule einbrach. Dort schlug er die Wände mit einem Vorschlaghammer ein. In der Kantine hinterließ er ein Loch in der Wand und nahm eine große Schachtel voller Salt & Vinegar-Chips mit. In den Gängen verschüttete er Kreidestaub und pisste drauf. Das ganze Schulgebäude war verwüstet.

Als die Direktorin ihr Büro betrat, seufzte sie zuerst erleichtert auf, da es so aussah, als wäre es verschont geblieben. Ihre Dokumente und Regale schienen unangetastet. Alle anderen Räume waren verwüstet worden. Sie fragte sogar die Sekretärin: »Warum hat er den Rest der Schule zerstört, aber mein Büro in Ruhe gelassen?« Die Sekretärin wusste es nicht. Also setzte sich die Direktorin an ihren Schreibtisch, um die Polizei und den Hausmeister anzurufen. Sie öffnete die Schreibtischschublade, in der das Telefonbuch lag, griff hinein – und schrie. In der Schublade lag ein großer Haufen Scheiße. Jemand hatte in ihre Schublade geschissen.

»Das ist echt eiskalt, jemandem in den Schreibtisch zu scheißen«, sagte Lee.

Ich sagte, es sei nicht nur das. Ein normaler Einbrecher hätte vielleicht auch hineingeschissen. Aber dieser hier habe sich sogar die Zeit genommen, um die Schublade hinterher zu schließen. Die meisten Leute hätten sie einfach offen stehen gelassen und wären weggegangen. Aber dieser Typ nicht. Dieser Typ war eine Art Künstler.

Am Nachmittag erfuhren wir, dass Bill verhaftet worden war. Die Polizei befragte mich, wo er sich am Vorabend aufgehalten habe. Ich sagte, ich hätte keine Ahnung. Sie gingen die Liste jener Schüler durch, die an dem Tag nicht zum Unterricht erschienen waren. Schließlich fanden sie Bill schlafend, zu Hause auf seinem Sofa, umringt von fünf oder sechs leeren Packungen Salt & Vinegar-Chips.

Aus der ganzen Sache konnte man nur eines lernen.

Die Welt war eine sehr seltsame Welt.

Die Welt war ein Witz.

Aber na ja.

BESUCH IM ALTEN HAUS

In den darauffolgenden Wochen versuchte ich, nicht an Bill zu denken. Stattdessen ging ich zur Schule und strengte mich an. Bill kam ins Jugendgefängnis. Ich betrat abends die Wohnung, setzte mich hin und lernte. Dabei ging mir Nathan im Kopf herum, und auch Ruby, all die fernen Tage. Ich dachte so intensiv an sie, dass ihr Tod mir immer unwahrscheinlicher erschien.

Aber Ruby war tot. Ich begriff, dass sie tot war, als die Verwandten begannen, ihren Kram aus dem Haus zu tragen. Irgendjemand wollte die Bilder haben (die Hälfte war bereits fort). Ein anderer interessierte sich für die Puppensammlung. Irgendjemand schlich sich heimlich durch die Hintertür davon, mit vier Müllsäcken voller Zeug. Ein Cousin kaufte meinem Onkel das alte Bett ab und zahlte erst ein paar Monate später. Alle trugen die Dinge, die sie unbedingt haben wollten, in Säcken aus dem Haus. Pick-ups hielten direkt vor der Haustür und wurden mit allerlei Dingen befüllt.

Stanley sagte: »Wie die Geier. Schau sie dir an. Wie Geier, die einen Knochen blank nagen.«

Natürlich nahmen auch wir ein paar Sachen, aber wir bezeichneten uns selbst nicht als Geier. Einige Tage zuvor hatte ich zu Stanley gesagt, dass ich gern Nathans Dame-Spielbrett haben würde. Und am Tag nach der Beerdigung überreichte er es mir, mit den Worten: »Da, bitte.«

Onkel Nathans Dame-Spielbrett, ganz zerkratzt und nur noch von Klebstreifen zusammengehalten. Ich strich mit den Fingern über die Spielfelder und dachte an Gespenster.

Als alles erledigt war, sah ich sie wieder. Eines Nachts träumte ich, wir wären alle wieder in Rubys Haus. Wir waren um den Tisch versammelt. Ruby saß in der Küche in ihrem Lehnstuhl und erteilte von dort aus Befehle, so wie sie es immer getan hatte. Der Rest der Familie saß rund um den Tisch, aber plötzlich war da gar kein Tisch mehr. Dann trat ein Mann ins Zimmer. Es war Nathan. Zumindest sah er ihm ähnlich. Aber er war größer und hatte einen Bart. Und er bewegte sich so, als hätte er nie an Zerebralparese gelitten.

Alle staunten. »Du gehst ja! Du kannst gehen!«

Er ging einmal im Kreis. Dann schüttelte er uns allen die Hand. Er schüttelte Onkel Terry die Hand. Dann Onkel Stanley. Dann meine. Und das war das Merkwürdige. So hatte ich ihn überhaupt nicht in Erinnerung. Er war vollkommen verändert.

Er war scheißwütend.

Ich entdeckte ein Video, das Onkel Terry in Rubys letzten Tagen aufgenommen hatte. Wochenlang schaute ich es mir immer wieder an. Auf der Kassette stand »Ruby Irene Goddard 1917–1997«. Ich schob die Kassette in den Videorekorder, und da erschien meine Großmutter in ihrem Sterbebett, so zerstört und winzig klein. Sie lag im Sterben, und ihr Sohn saß neben ihr.

Ich traf mich einige Male mit einem Mädchen namens Charity. Eines Abends war sie bei mir in der Wohnung, und ich fragte sie, ob sie das Video sehen wolle.

»Was für ein Video?«

»Von meiner Großmutter, wie sie im Sterben liegt.«

Sie schüttelte den Kopf. »Oh Gott, nein. Das ist krank.« Dann fragte sie, ob das meine Vorstellung von Romantik sei.

Also stattete ich dem alten Haus einen Besuch ab. Ich nahm Charity mit. Als wir die Straße hinunterfuhren, sagte ich mir: Gleich wird das Haus erscheinen, so wie früher. Schon von Ferne sichtbar mit seinen hell erleuchteten Fenstern, ein goldener Lichtschein in der Dunkelheit. Ich sagte mir, gleich würde ich Leintücher sehen, die überall in den Bäumen hingen und den Weg zur Eingangstür säumten. Ich fragte mich, ob ich alles vor mir sehen würde – die Haustür offen, nur die Fliegengittertür dahinter geschlossen, so wie immer an Sommertagen. Dann der Blick ins Innere des Hauses – und dort sitzt Nathan am Tisch, und Ruby schleicht am Stock umher. Und dann ich selbst, um viele Jahre jünger, der durch die Räume geht. Dies alles erwartete ich, als ich mich dem Haus näherte.

Aber dann kam das Haus, und ich begriff, dass alles anders war.

ES GAB KEINE LEINTÜCHER.

Nur das alte Haus, verriegelt und verlassen. Mit Brettern über den Fenstern. Nirgends ein Licht. Ich hielt dennoch Ausschau nach Nathan. Er war nicht da. Ich suchte Ruby, ihre Bewegungen vorm Herd, beim Kochen, aber sie war auch nicht mehr da. Sie lag nun in der Erde, und ich hörte auf, mir Dinge vorzustellen.

Charity und ich wanderten ein wenig ums Haus herum, und ich fand eine unversperrte Tür. Drinnen fühlte ich mich wie ein Einbrecher. Ein eigenartiges Gefühl.

Diese Leere. Alles wirkte so leer und kaputt. In der Luft der Geruch der modrigen Teppiche. Im Holzboden die Druckstellen früherer Möbel. Ich zeigte Charity die Stelle, wo Nathan sich immer angelehnt hatte, wenn er *Walker, Texas Ranger* schaute. Dann zeigte ich ihr Terrys Zimmer. Dort stand die Decke kurz vor dem Einsturz, überall auf den Wänden waren Wasserflecken. Es sei eben nur ein altes, irgendwie zusammengezimmertes Haus, sagte ich, ohne echtes Fundament. Nun zerfiel es langsam. Bald würde es vom Erdboden verschwunden sein.

In der Küche entdeckte ich eine alte Schachtel voller VHS-Kassetten. Sie hatten Nathan gehört, seine Lieblingsshows. Gaither Gospel. Trainingskassetten, die Nathan sich gekauft hatte, weil Frauen in Bikinis auf dem Umschlag waren. Ein Johnny-Cash-Konzert, das wir sonntags nach dem Abendessen anschauten.

Weiter hinten im Haus wurde die Zerstörung deutlicher. Vorm Badezimmer hing die Decke durch. Auf der hinteren Veranda hatte sich ein Loch im Boden gebildet. Wir wanderten durch den Hof, wo das Plumpsklo stand. Ich zeigte Charity, wo die Kinder früher in den Feldern gearbeitet hatten. Plötzlich hörten wir ein Quietschen.

»Was zum Teufel war das?« Charity fasste mich am Arm.

Dann deutete sie auf ein Opossum, das unter sichtlicher Mühe auf uns zukrabbelte. Am Baum kippte es seitlich um und versuchte aufzustehen. Es war blutverschmiert, an der Seite hatte es eine Wunde oder ein Loch. Als hätte man es angeschossen.

»Ist es verletzt? Was hat es?«, fragte Charity.

Ich trat näher und untersuchte das Tier. Es stellte sich nicht tot.

»Sei vorsichtig, Scott!«

»Es hat die Tollwut«, sagte ich. Ich umkreiste es, und es blickte zu mir empor mit seinen winzig kleinen Augen. »Seltsam«, sagte ich, »dass sie immer die Nähe von Menschen suchen, wenn sie so schwer krank sind. Vielleicht hat es uns erschnuppert und ist sofort zu uns geeilt.«

»Warum sollte es das tun? Warum sollten sie zu Menschen wollen?«

Das Opossum warf sich auf dem Boden hin und her und versuchte noch einmal, zu gehen. Blutspuren zogen sich durch sein weißes Fell. Dann versuchte es, sich durch ein Loch im Drahtzaun zu drücken, aber blieb hängen. Eine herausstehende Drahtspitze bohrte sich in seine Haut. Immer noch versuchte es, sich zu befreien, aber der Zaun war stärker. So hing es fest und starb.

Da hörte ich Onkel Nathan wie einen Dämon kichern, irgendwo in der Dunkelheit.

ALSO ZOG ICH WEG VON HIER

Einige Jahre lebte ich an einem anderen Ort. Als ich zurückkehrte, war hier alles gleich geblieben. In all den Jahren hatte sich nichts verändert. Ich begann, auf der Schule, in die ich als Kind gegangen war, zu unterrichten, als Aushilfslehrer. Die Lehrerin, die ich vertrat, musste sich einer Operation unterziehen, sie würde drei Wochen ausfallen. In der fünften Klasse gab es ein etwa zehnjähriges Mädchen, das so schüchtern war, dass es kaum sprechen konnte. Die andere Lehrerin sagte mir, die Mutter des Mädchens sei drogensüchtig. Ich solle keine zu große Nähe zu solchen Kindern aufbauen, da sie nie das ganze Schuljahr schafften. Sie zogen jedes Mal um oder verschwanden einfach von einem Tag auf den anderen. Sie selbst sei gerade erst letzte Woche auf der Beerdigung der Mutter einer ihrer Schülerinnen gewesen. Die Frau war an einer Überdosis gestorben.

Ein paar Tage nach meinem Diensteintritt entdeckte ich, dass das kleine Mädchen nicht lesen konnte. Ich blieb also nach der Schule etwas länger, um es ihr beizubringen. Ich sagte mir, dass ich ihr damit half, aber wer weiß. Am Abend ging ich nach Hause und wartete, bis der nächste Tag begann.

Ich versuchte, Bill zu finden, aber ohne Erfolg. Ich fragte überall nach ihm, aber niemand wusste etwas. Ich fuhr auch ein- oder zweimal an Rubys altem Haus vorbei, aber das Dach hatte begonnen einzustürzen, und es machte mich bloß traurig.

Eines Morgens las ich in der Zeitung von einem Raubmord in Rupert. Die Opfer waren eine alte Frau und ihr Ehemann. Neben dem Artikel hatte man Fotos der beiden Verdächtigen gedruckt. Ich kannte die beiden. Der eine war Naked Joe. Zuletzt hatte ich ihn etwa ein Jahr nach der High School gesehen; er war auf einem Klettergerüst gesessen und hatte die Kinder auf dem Spielplatz mit einem Luftdruckgewehr beschossen. Neben ihm das Bild eines Mannes, der sehr verändert wirkte. Lange rote Haare, bis über die Schultern. Tätowierter Hals. Man konnte sein Gesicht unter der üppigen Löwenmähne und dem dichten roten Vollbart fast nicht erkennen. Er sah aus wie ein Besucher aus einer anderen Welt. Ich hätte ihn nicht mit Sicherheit erkannt, wäre nicht sein Name unter dem Foto gestanden. Es war Bill. »Ach du Scheiße!«, rief ich.

Der kleine Junge, der Läuse gehabt hatte. Der mit der Trollpuppensammlung. Der eines Tages beschlossen hatte, sich zu verlieben. Der kleine Junge, der von der Überquerung der Weltmeere und von den unterschiedlichen Seehöhen der Berge träumte.

Ein paar Tage später erfuhr ich, was passiert war. Es war ein Donnerstag, und ich war wieder länger in der Schule geblieben, um dem kleinen Mädchen Lesen beizubringen. Auf dem Nachhauseweg hielt ich an der Tankstelle. Als ich mit Auftanken fertig war, bemerkte ich neben mir einen Mann. Es war Lee Brown. Immer noch derselbe Riese, aber in Hemd und Krawatte. Wir mussten beide lachen und begrüßten einander. Lee erzählte, sein Vater sei krank und er sei deshalb in der Gegend. Sein Vater liege im Sterben. Lee hatte vor zwei Jahren die Ausbildung zum Chirurgen abgeschlossen. Jetzt arbeitete er in der Notaufnahme in einem Krankenhaus in Charleston, zwei Stunden entfernt.

Er wollte wissen, ob ich schon von Bill gehört hätte. Ich antwortete Ja, aber keine Einzelheiten. Also erzählte er mir die Geschichte. Bill und Joe waren kriminell geworden. Sie brachen in ein Haus ein, um Tabletten zu stehlen. Bill stieg ein, während Joe draußen Wache stand. Bill suchte nach dem Badezimmer. Die Geräusche weckten die alte Frau. Ihr Ehemann war krank und blind, er lag im Sterben. Das war auch der Grund für den Einbruch gewesen. Bill und Lee wussten: Im Haus eines Sterbenden gab es Schmerzmittel. Die alte Frau rief: »Mein Mann ist krank! Mein Mann ist krank! Bitte, nicht seine Medizin. Bitte!« Also nahm Bill ein paar wertlose Schmuckstücke, einige Tabletten und ein paar Packungen Kaugummi.

Ich sagte: »Was?«

Lee sagte: »Oh, ja, Lil Bill hatte vier Packungen Kaugummi bei sich, als sie ihn verhaftet haben. Er gab zu, diese gestohlen zu haben, nicht aber den Schmuck und die Tabletten.« Ich stand kopfschüttelnd da und hörte mir den Rest der Geschichte an. In Panik hätte Bill ein Stück Holz neben dem Ofen aufgehoben und die Frau damit geschlagen.

Dann noch einmal und noch einmal.

Aber das sei noch nicht das Ende gewesen. Der alte Ehemann kam aus seinem Zimmer, total blind, aber in der Hand eine Schrotflinte. Er feuerte blind in alle Richtungen. Bill und Joe flohen aus dem Haus. Als die Rettung eintraf, war der alte Mann bereits an einem Herzinfarkt gestorben. Also Doppelmord statt einfachem. Man nannte das die *felony murder rule*, wo eine unbeabsichtigte Tötung infolge eines anderen Verbrechens ebenfalls als Mord gewertet wird.

Ich fragte Lee, wer die alte Frau gewesen war. Mrs. Powell, sagte er. Die alte Mathematiklehrerin aus der Junior High. Bloßer Zufall, fügte Lee hinzu.

Ich versuchte, das Ganze zu verdrängen. Ein paar Wochen später war ich wieder nachmittags in der Schule und übte mit dem kleinen Mädchen lesen. An manchen Tagen fühlte es sich so an, als machten wir Fortschritte, aber dann, am nächsten Tag, waren wir wieder ganz am Anfang. Meine drei Wochen waren bald um, dann kam die normale Lehrerin zurück. Bald war ich wieder arbeitslos. Ich wusste mir keinen Rat.

Also saß ich mit dem Mädchen zusammen und hörte ihr beim Vorlesen zu. Wenn ein schwieriges Wort kam, sagte ich, sie solle sich Zeit lassen und sich vorstellen, wie das Wort klingen mochte, und es dann aussprechen. Sie las ein Wort und kam dann zu einem, das ihr unbekannt war. Jedes Mal, wenn das geschah, fasste sie in ihre Jackentasche und zog ein kleines goldenes Medaillon an einer ebenfalls goldenen Kette hervor. Dann sprach sie das neue Wort laut. Sie las weiter. Dann kam wieder ein schwieriges Wort, und sie fasste nach dem Medaillon. Sie sprach das neue Wort aus. Und immer so weiter. Als ich nach dem Unterricht meine Sachen zusammenpackte, kam sie zu mir und dankte mir für meine Hilfe. Dann hatte sie auf einmal Tränen in den Augen und meinte, sie müsse mir etwas sagen.

»Ich glaube, Sie kennen den Freund meiner Mutter. Er hat was sehr Schlimmes gemacht. Jetzt ist er im Gefängnis. Meine Mutter hat gesagt, dass Sie früher mit ihm zusammengewohnt haben. Sie sagt, Sie und er waren Freunde.«

Das Mädchen mit den Leseproblemen schwieg einen Augenblick. Dann sagte sie, da sei noch etwas. Der Freund ihrer Mutter habe ihr etwas gegeben, am Morgen kurz vor seiner Verhaftung.

Es sei ja sehr hübsch, aber sie wolle es eigentlich nicht, wenn es einer ermordeten Frau gehört habe. Ihr tue die alte Frau so leid und der alte Mann auch.

Der Freund ihrer Mutter habe ihr außerdem eine Packung Kaugummi geschenkt, aber den habe sie bereits verbraucht.

Mit ihrer kleinen Mädchenhand fasste sie in ihre Jackentasche und holte das Medaillon heraus. Sie legte es auf den Tisch. Ich drehte es um und entdeckte eingravierte Initialen. Es waren die von Mrs. Powell. Die Initialen einer ermordeten Frau.

Das kleine Mädchen blickte mich aus grünen Augen an. Sie plagte die Vorstellung, dies könnte wirklich das Medaillon einer ermordeten Frau sein. Ich dachte nach und berührte das Medaillon. Dann wollte ich etwas sagen, aber zögerte.

Ich tat so, als untersuchte ich das Medaillon noch einmal genau. Dann sagte ich: »Nein, das kann der toten Frau nicht gehört haben. Ich weiß das ganz sicher. Du kannst es behalten.« Und ich gab es ihr zurück. Das Mädchen ging damit zurück zu ihrem Schreibtisch und packte ihre Sachen zusammen. Da es jetzt kein Medaillon einer toten Frau mehr war, hängte sie es sich um den Hals. Es war jetzt ein Geschenk des Freundes ihrer Mutter. Eine nette Geste, die ihr die Gewissheit gab, geliebt zu werden. Mit dem Medaillon um den Hals kam sie sich hübsch vor. Ein teures Ding aus Gold, wie es Filmstars trugen.

EINE KURZE GESCHICHTE VON CRAPALACHIA, TEIL 3

Als ich nach Hause kam, tat ich etwas Seltsames. Ich ging meine alten Schulbücher durch und wählte eines aus. Ich öffnete es und las über Buffalo Creek.

Ein Februarmorgen im Jahr 1972. Die Pittston Coal Company baute einen Abwasserdamm auf einem Berghang direkt oberhalb einer kleinen Ortschaft. Darin sollten sich die toxischen Abfallprodukte des Kohleabbaus sammeln. Wie schlammiges schwärzliches Wasser sahen die aus, dick wie Haferbrei. Und eines Morgens brach die Staumauer, und der ganze Müll lief talwärts.

In der Katastrophe kamen 125 Menschen ums Leben. Eltern hatten versucht, ihre Kinder zu retten. Ein Vater setzte seine Kinder aufs Dach des Hauses. Er versuchte, auch seine Frau aufs Dach zu bekommen, aber dann zerbrach das Haus einfach, als bestünde es aus Zahnstochern. Die Familie hielt sich am Vater fest, während sie in dem riesigen Schlammfluss fortgespült wurden. Im Flutwasser stieß er gegen ein dahintreibendes Auto und verlor den Griff um seine Frau. Die Kinder hielten sich immer noch an ihm fest. Er konnte sich in Sicherheit bringen und die Kinder auf eine Bank setzen. Sie sahen ihre Mutter noch ein letztes Mal, sie wurde in den Fluten fortgerissen und schrie um Hilfe. Jedes der Kinder war nun seine eigene Mutter.

Es gab Berichte über ganze Landstraßen, die weggespült wurden. Die Leute sahen Eisenbahngleise, die sich verbogen und um Eichenbäume gewickelt hatten. Kohlewaggons in Baumkronen.

Die Überlebenden beschrieben eine zehn Meter hohe Welle.

Leichen hingen in Bäumen. Die Leiche eines kleinen Jungen, zehn Meter hoch in einer Baumkrone. Er hielt immer noch die Hände vors Gesicht, wie um sich zu schützen.

Dann der Leichnam eines alten Mannes. Neben ihm ein Hund. Im Unterschied zu dem Mann lebte der Hund noch. Er passte auf den Mann auf. Er knurrte und schnappte nach jedem, der sich zu nähern versuchte. So ging das mehrere Tage.

Es gab niemanden mit Verletzungen. Es gab nur entweder Tote oder vollkommen unverletzt Gebliebene. Ein Haus war zerstört, aber das Haus daneben war unversehrt, und auf dem Kies der Einfahrt stand immer noch das Auto.

Die Rettungskräfte verwendeten Bulldozer, um den Schlamm zu beseitigen. Sie stießen auf eine Beinprothese, aber die Person, der sie gehört hatte, blieb verschwunden. Sie fanden Babypuppen, deren

Plastikärmchen aus dem Schlamm ragten. Sie zogen an einem Ärmchen und befreiten die Puppe. Dann noch ein Ärmchen und noch eine Puppe. Dann zogen sie an einem weiteren Ärmchen, aber es kam keine Puppe, sondern ein fünfjähriges Mädchen. Jemand hatte ihm am Morgen, kurz vor der Katastrophe, ein Kleid angezogen. Es trug keinen Pyjama. Sondern ein rosa Kleidchen. Sie reinigten das Mädchen und kämmten den Schlamm aus seinem Haar und legten es in einen Leichensack.

Drei Tage später fanden sie die Leiche einer Frau, die gegen einen Baum gelehnt dasaß. Die Rettungskräfte waren überrascht, dass es so lange gedauert hatte, sie zu finden. Sie waren Hunderte Male an dem Baum und der Leiche vorbeigelaufen. Wie konnte das sein? Sogar ihr Mittagessen hatten sie direkt neben dem Baum gegessen. Aber die Frau war ihnen trotzdem nicht aufgefallen. Sie saß da, gegen den Baumstamm gelehnt, und war tot. Ihr Mund war voller Sand, aber der Rest des Körpers schien unverletzt. Keine gebrochenen Knochen. Keine Kopfverletzungen.

Zwei Tage später fiel den Rettungskräften im Leichenhaus auf, dass das kleine Mädchen und die tote Frau zusammen in einen Sarg gelegt worden waren. Sie hatten nichts davon geahnt, dass die beiden mehr als bloß zwei im Abstand mehrerer Tage gefundene Leichen gewesen sein könnten. Die Frau war Mutter gewesen. Und das Mädchen in dem rosa Kleidchen war ihre Tochter.

Die Pittston Coal Company nannte die Katastrophe einen Akt Gottes.

An der Stelle klappte ich das alte Buch zu. Ich sah all die Menschen, die ich gekannt und geliebt hatte, in den Fluten davonziehen. Ich sah Ruby und Nathan. Ich sah Stanley und Mary. Ich sah meine Onkel und Tanten und alle McClanahans. Ich sah Bill und seine Familie. Ich sah Lee und all die anderen Spinner. Ich sah Sarah. Sie wurden alle fortgerissen und sie schrien dabei, sie schrien.

Und nun steigt auch hier das Wasser.

ICH SCHAFFTE ES NICHT

Mein Zuhause gab es nicht mehr. Also entschied ich mich, dieses Buch zu schreiben. Ich versuchte, mich an all die Menschen und Phantome zu erinnern, die ich je gekannt und geliebt hatte. Ich versuchte, sie dazu zu bringen, zu lachen und zu tanzen, sich zu bewegen und zu träumen, zu lieben und zu schauen. Ich fügte einige von ihnen irgendwie zusammen und verquirlte unsere gemeinsamen Erlebnisse. Ich wollte sie zurück auf die Erde holen, aber ich schaffte es nicht. Vor Jahren begann ich, am Berg in die Tiefe zu graben. Ich steckte die Schaufel ins felsige Erdreich, und hervor kamen fette Erdklumpen und Steine, hart wie Galle.

Meine Frau fragte mich eines Morgens: »Was zum Teufel machst du da eigentlich?«

Ich antwortete nichts, sondern nahm die Erde und die Steine und legte sie in Plastiksäcke. Dann fing ich an zu reisen. Ich fuhr nach Pittsburgh, PA, und nach Chicago, IL, und nach Atlanta, GA. Dann zurück nach Pittsburgh, PA. Ich ließ ein wenig Erde in den Straßen zurück. Ich fuhr nach Chicago, IL. Dann weiter nach New York City. Dann nach Washington, DC. Nach Charlotte, NC. Nach Raleigh, NC. Nach Oxford, MS. Nach Ann Arbour, MI – in die Heimat von Iggy Pop und der ewig schönen Elizabeth Ellen. Dann weiter nach Portland, OR. Ich träumte von China. Ich träume von Indien, Berlin, Paris, London. Ich fuhr nach Seattle, WA. Dann nach New York City und verstreute meine Erde. Ich fuhr nach New York City. Dann noch ein drittes Mal nach New York City. Nach New York City.

Ich gab Leuten, die ich zufällig traf, ein bisschen von meiner Erde ab. Ich nannte sie »Zaubererde« und brachte sie damit zum Lachen. Sie schütteten die Erde in Blumentöpfe, aus denen schöne Dinge wuchsen. Ich legte die Steine auf Gehsteigen ab. So würde ich Crapalachia auf der ganzen Welt verteilen. Niemand glaubte mir. Sie glaubten, ich mache einen Scherz. Immer noch sehe ich Sarah vor mir, die mich fragt, was zum Teufel ich da eigentlich mache.

Ich sagte ihr, ich würde Leintücher in die Bäume hängen, sodass unsere Kinder, egal wie weit sie sich entfernten, immer ein Zuhause hatten. Die ganze Welt wäre ihr Zuhause. Es würde eine Million Jahre dauern, und eine Million Reisen, aber so würde ich die ganze Welt neu einrichten.

Sarah sagte: »Aber das ist doch unmöglich, Scott. Außerdem ist es verrückt.«

Genau deswegen müsse ich es tun, erklärte ich ihr. Das sei der einzige Grund, um überhaupt irgendwas zu tun.

Und so stopfe ich mir vor jeder Reise die Taschen voll mit Erde. So wird die ganze Welt einmal mein Berg werden.

Womit wir nun zum Ende kommen. Hör nur: Dein Herz schlägt. Ist das nicht unglaublich? Dein Herz glaubt an dich. Ich glaube auch an dein Herz.

Ich wollte ein Buch über all die Leute schreiben, die ich gekannt und geliebt hatte, bevor ich sie vergesse. Aber nun merke ich, dass sich mein Buch etwas anders entwickelt hat. Es wirkt eher wie ein Gebet für mich selbst. Ein egoistisches Gebet, das irgendwie so geht:

Bitte sag mir, dass ich existiert habe. Bitte sag mir, dass ich geboren wurde. Bitte sag mir, dass ich gesungen und gelacht, dass ich getanzt und geschaut und geträumt habe. Ich hab jetzt wirklich genug vom Erinnern. Jetzt beginnt das Vergessen. Gott segne die Vergessenen. Gott segne die Vergesslichen.

Wir geben die Fackel des Lebens an unseren Nächsten weiter, wie Staffelläufer in der Nacht. Ich WERDE euch für immer zu erreichen versuchen. BITTE versucht auch ihr, mich zu erreichen. Bitte.

ANHANG UND ANMERKUNGEN

Ich beginne diesen Anhang mit einer Beobachtung ... Woher wisst ihr, dass England eine Insel ist? Seid ihr je an seinen Grenzen entlanggewandert? Woher wisst ihr, dass dieser Anhang wahr ist? Weil ich es so behaupte?

In Wahrheit gab es nur zwölf Kinder. Ich habe immer gesagt, es wären dreizehn gewesen, weil man mir einmal erzählt hatte, Ruby hätte zwei Babys und nicht bloß eines verloren. Aber es fühlte sich ohnehin besser an, »dreizehn« zu sagen. Also gab es in Wahrheit nur elf, weil ich mit Sicherheit weiß, dass eines von Rubys Babys starb, bevor Stirley geboren wurde. Mein Tante Annie heiratete als junge Frau und zog fort. Und sie war die älteste, also waren es danach eigentlich nur zehn. Als dann mein Vater geboren wurde, waren es dann mehr so neun oder acht oder sieben.

Von Rubys elf Kindern haben fünf Selbstmord begangen. Es könnten auch sechs sein, oder auch vier. Mein Vater weiß es nicht so genau. Er sagte, er müsste nachschauen. Er weiß nicht mal, wie viele Kinder es in Elgies Familie gab. Elgies Mutter starb, als er klein war, also wurde nie darüber gesprochen. Ich sagte zu ihm: Wenn bereits vier Kinder Selbstmord begangen haben, ist es dann noch so wichtig, ob es fünf oder sechs oder wirklich nur vier waren? Keine Ahnung.

Bislang sind noch keine Millionen von Säuglingen aus meinem Lächeln herausexplodiert, um sich wild brüllend über die Welt zu verteilen. Aber ich freu mich schon drauf.

Aus irgendeinem Grund habe ich meinen Vater in diesem Buch als Onkel Stanley bezeichnet. Ich hatte schon so viel über meine Eltern geschrieben, in den Erzählbänden *Stories*, *Stories II*, *Stories V!* und im Roman *Hill William*. Wenn also »Onkel Stanley« hier irgendwas sagt (abgesehen von seinen Ansichten zur Homosexuellen-Ehe und dem Wort *Shiiiit*), ist es in Wirklichkeit mein Vater, der es sagt.

Etwa um die Zeit, als Ruby sich die Brust entfernen ließ, fand ich heraus, dass *Ziggy Stardust and the Spiders from Mars* gar nicht vom Mars kamen. Noch mehr verblüffte mich die Tatsache, dass Ziggy Stardust in Wirklichkeit ein Mann namens David Bowie war. Und dann war sein echter Name gar nicht David Bowie, sondern bloß David Jones. Er hatte sich aus Marketinggründen umbenannt, denn es gab schon einen Sänger mit dem Namen Davy Jones.

Außerdem hab ich das ganze Wochenende an die Geschichte mit dem Mädchen denken müssen, dem ein Rasenmäher mehrere Zehen abgeschnitten hat. Ich bin mir nicht sicher, ob es *mehrere* Zehen waren. Ich glaube, es war eher nur einer, ja, nur der große Zeh.

Ich bin nie wirklich bei Ruby und Nathan eingezogen. Ich war nur manchmal für längere Zeit bei ihnen. Ich war dort mindestens zwei oder drei Tage in jeder Woche meines Lebens. Zwei meiner frühesten Erinnerungen haben mit Rubys Apfelbäumen und mit ihrer Vick-Salbe auf meiner Brust zu tun. Ich erinnere mich, wie sich ihre Bettwäsche auf meiner zarten Haut anfühlte, wenn ich nachts bei ihr schlief. Ich habe nie absichtlich oder eindeutig festgelegt, dass ich bei ihnen wohnte, aber viele Leute gingen automatisch davon aus. Was hier vielleicht nach allzu lockeren Familienverhältnissen klingt, ist lediglich das Konzept der Großfamilie à la Crapalachia/Schottland/Irland.

Ich habe nie Bier in Nathans Magensonde geschüttet. Ruby hätte das nie erlaubt. Nathan hatte im echten Leben weniger Freiheiten, als im Buch beschrieben. Allerdings bettelte er tatsächlich immer darum, ihm ein Sixpack zu bringen. Manchmal war es ein Witz, manchmal meinte er es ernst. Als Rhonda ihm Ensure-Flüssignahrung gab, sagte er immer, es sei sein Sixpack. Ich habe ihn in meinem Buch Bier trinken lassen, weil ich ihm diesen Augenblick der Freiheit ermöglichen wollte. Er sollte etwas genießen dürfen. Das ist meine Nathan-Wahrheit.

Der eine Dialog, wo Ruby mir sagt, ich sollte ja nicht ihre Gallensteine essen, ist auch nie so passiert. Sie hatte wirklich die Gallensteinoperation, aber den Satz hat sie nicht gesagt. Ich habe ihn aus einer Geschichte über meine Tante Bernice und meinen Onkel Leslie übernommen. Bernice musste sich die Gallenblase entfernen lassen, und als sie aus der Narkose erwachte, kam Leslie zu ihr ins Zimmer. Der Arzt hatte die entnommenen Gallensteine in ein oranges Tablettenfläschchen gefüllt und es neben ihr Bett gestellt. Onkel Leslie versuchte, Bernice dazu zu bringen, die Gallensteine einzunehmen, da er sie für Medizin hielt. Bernice wehrte sich: »Das ist keine Medizin, das sind meine Gallensteine!«

In Rubys letzten Lebensjahren zerstritten sich mein Vater und einige seiner Brüder mit Onkel Stanley, weil der sich eine größere Summe Geld geliehen hatte. Onkel Leslie ging zu Stanley, um das Geld zurückzuverlangen. Er zog seine Stiefel aus. Stanley drohte damit, ihn zu verprügeln. Mein Vater sagte, wenn Leslie so blöd war, sich die Stiefel auszuziehen, *bevor* er das Geld verlangte, hätte er durchaus verdient, verprügelt zu werden.

Ich nenne meinen Vater im Buch »Onkel Stanley«, weil ich Stanley mit der Familie versöhnen wollte. Ich wollte die Familie vollständig machen. Den verlorenen Sohn zurückkehren lassen. Deshalb wurde er eine wichtige Figur im Buch. Also habe ich alles, was mein Vater sagte oder tat, in Sätze und Dinge verwandelt, die Stanley sagte oder tat. Ich habe Stanley in meinen Vater verwandelt. Ich habe gehört, dass der echte Stanley letztes Jahr einen Herzinfarkt hatte. Solche Dinge passieren, wenn man eine Familie zerschneidet. Plötzlich werden die Menschen, die du liebst, die du ewig kennst und in deren Häusern du übernachtet hast, zu Fremden. Sie haben einen Herzinfarkt, und du rufst sie nicht mal mehr an. Du denkst nicht mal an sie. Mein Onkel Stanley war der erste Mann, der mit mir fischen ging. Er war auch der erste Mann, der neben mir ohne Scham ein Bier trank. Er verbarg es nicht. Er war der Erste, der mir, als ich noch ein Baby war, Pizza zu essen gab.

Meine Mutter wollte vor Kurzem wissen: »Warum nennst du dein Buch *Crapalachia*? Das ist kein guter Titel. Er ist fürchterlich.« Ich widersprach ihr. »Nein, ich finde den Titel gut. Crap, also Scheiße, düngt die Erde, und dann wachsen Blumen.«

Ich wollte zuerst die Geschichte von John Henry in mein Buch integrieren, aber dann hab ich sie doch weggelassen. John Henry kämpfte gegen die Dampfmaschine. Die Stadt Talcott, West Virginia, beansprucht, der Austragungsort dieses Kampfes gewesen zu sein. Aber ob das stimmt? In meinen Träumen hat es auf jeden Fall stattgefunden. Gott segne die Legenden dieser Welt. Gott segne jene, die unermüdlich Legenden erfinden. Wir haben ja sonst nichts.

In Wirklichkeit hat Rhonda die Fotos von den Toten zur Entwicklung gebracht. Der Weg war viel zu weit, als dass man ihn zu Fuß hätte gehen können. Man brauchte ein Auto. Die Drogerie lag etwa zwanzig Meilen von Rubys Haus entfernt. Das Gespräch mit ihr über die Bilder fand allerdings wirklich so statt.

Little Bills Lausbefall trat auf, als er in der Grundschule war, nicht in der Junior High.

Mrs. Powell war nicht unsere Mathelehrerin in der Junior High, sondern unsere Lehrerin in der Grundschule. Ich wollte ihren Namen im Buch nennen, sodass auch zukünftige Generationen wissen, wie nervös sie mich machte.

Ich habe nie einen Liebesbrief für Nathan geschrieben. Aber einmal habe ich einen aus eigenem Antrieb verfasst. »Ich schrieb einen Liebesbrief an eine Frau. Ich überreichte ihn ihr. Später hörte ich, wie sie sich darüber lustig machte. Sie machte sich über meine Liebe lustig.« Diese Sätze habe ich gerade in einem Film gehört, also habe ich sie abgeschrieben und in mein Buch eingefügt. Auch dieser Moment, wo ich mir einen Film anschaute, soll bleiben.

Little Bill besteht eigentlich aus zwei Leuten. Das heißt, er ist eine zusammengesetzte Figur. Einerseits ein alter Schulfreund namens Bill Terry, andererseits ein Mann namens Phil Crookshanks. Beide waren mit mir befreundet, und ich kannte sie gut. Warum habe ich sie miteinander vermischt? Weil ich älter werde. Je mehr Zeit vergeht, desto mehr verschmelzen alle Freunde aus der Vergangenheit zu einer einzigen Person. Selbst jetzt tue ich mir schwer damit, sie auseinanderzuhalten. Bill war der mit den Läusen. Bill war auch der, der später einen Mord beging. Phil war der mit den Zwangsneurosen und der mit Janette. Ich wohnte bei Phil.

Aber einige Dinge über Phil habe ich nicht erwähnt. Zum Beispiel, dass ich pleite war und dass Phil mich zur Mall fuhr. Es war Dezember, und der Weg war weit. Es schneite, als wir am späten Nachmittag losfuhren. Wir hörten Queen. Wir bestellten bei Chick-fil-A und bezahlten mit lauter kleinen Münzen. Dann saßen wir da und aßen, und es schmeckte herrlich. Es schmeckte, als müssten wir nie wieder Hunger erleben. Freddie Mercury ist immer noch der Größte.

Eine Geschichte über Phil habe ich nicht erzählt, weil ich dabei schlecht wegkomme. Es ist etwas, für das ich mich schäme. Wir waren damals in der High School und besuchten ein Footballspiel. Ich war in Begleitung zweier Mädchen. Wir waren vorher im

Wald unterwegs gewesen und tranken Whiskey aus einer Mountain-Dew-Plastikflasche. Ich also und die zwei Mädchen und dann sah ich Phil und sagte: »Weißt du was? Du siehst aus wie so ein Cro-Magnon-Mensch.«

Dann, ein paar Jahre später, wohnte ich mit ihm zusammen. Ich war wieder in Begleitung zweier Mädchen, wir tranken Brandy. Ich lachte die ganze Zeit und wurde immer betrunkener. Eine der beiden wollte gehen, weil ich ihre Freundin küsste und sie die Küsse erwiderte. Dann wandte sich Phil zu mir, und ich sah, dass er Tränen in den Augen hatte. Er sagte: »Ich seh für dich also wie ein Cro-Magnon-Mensch aus, ja?« Und er begann zu weinen. Es war Jahre her, aber es tat ihm immer noch weh. Zuerst wusste ich nicht, was er meinte. Ich hatte den Vorfall vergessen, aber er erinnerte sich. Eines Tages werde ich für all diese Dinge bezahlen.

Ich habe die Schattenrisse meiner Freunde übereinandergelegt. Die Generationen verschmelzen zu einer.

Sorgen mache ich mir wegen all der Klarnamen im Buch. Die Leute könnten mich aufspüren und umbringen wollen. Das ist immer das Problem, wenn man die Wahrheit erzählt. Das ist meine einzige Sorge: dass mich einer verprügelt. Irgendwann wird es passieren. Garantiert. Vielleicht.

Wiederholungen von *Walker, Texas Ranger* finden sich auf allen möglichen TV-Kanälen. Am besten, man sieht einfach im Fernsehprogramm nach. Es ist das größte Kunstwerk, das einem unterkommen kann. Wenn man es ohne Ironie anschaut, wird man Nathan verstehen. Das Wichtigste dabei: Es ist keine Komödie.

Nathan hat viel früher versucht, sich das Leben zu nehmen. Nicht erst kurz vor seinem Tod. Es geschah in den frühen Achtzigern, als ich noch klein war. Aber es ist damals so passiert, wie ich es beschreibe. Ich habe seinen Selbstmordversuch dann zeitlich in die Rhonda-Storyline verschoben.

Nathan McClanahan, Elgie McClanahan und Ruby McClanahan sind auf dem Backus Mountain in der Nähe von Layland, West Virginia, begraben. Ihre Gräber warten auf Blumen. Ich bin seit Jahren nicht mehr dort gewesen.

Dieses Buch sollte auf keinen Fall zum Genre *Appalachian Minstrel Show* gezählt werden. Die Namen von AutorInnen, die dieses Genre bedient haben, sind Lee Smith, Mary Lee Settle, Silas House und viele andere. Sie wissen genau, wer sie sind.

Das Kochrezept im Buch stammt nicht von Ruby. Ruby hat nie nach Rezept gekocht. Ich habe es einfach ergoogelt. Meine Frau sagte: »Wie machen das diese Frauen immer? Sie schreiben nie irgendwas auf.« Man musste ihnen zusehen. Man musste neben ihnen stehen, um zu lernen. Wenn ihr das Rezept nachkocht, werdet ihr irgendjemand anderen wieder zum Leben erwecken. Aber Rubys Kochkünste sind für immer verloren.

Ich habe den Titel des Kapitels EIN REZEPT KANN MAN NICHT UMARMEN von einem Johnny-Thunders-Song übernommen. Im Original heißt er, *You can't put your arms around a memory*. Ich habe nur das eine Wort geändert.

Das mit den »wahnsinnigen Flüssen« bezieht sich auf die Flüsse Euphrat und Tigris. Geografie: der Grund für die ganze kaputte durchgedrehte Welt.

Mir ist gerade aufgefallen, dass ich mir beim Anblick eines Gemäldes noch nie die Frage »Ist das Gemälde fiktiv oder wirklich passiert?« gestellt habe. Es ist einfach ein Gemälde.

Ich habe während der High School nicht bei Bill gewohnt, sondern zu Hause bei meinen Eltern. Erst Jahre später wohnte ich dann bei Bill (Phil). In Wirklichkeit starb Ruby nach meiner Zeit bei Bill. Da ging ich schon aufs College, aber College kommt in Büchern über die Appalachen nie vor. Wir können nie sagen, dass wir aufs College gegangen sind. Oder dass wir ins Einkaufszentrum oder in ein Restaurant gehen. Oder dass wir unsere Träume träumen. Glaubt einem keiner.

Die Tage auf Nathans Beerdigungsanzeige stimmen, nur die Jahreszahlen sind falsch.

Ich weiß nicht, warum ich im Buch dauernd behaupte, dass ich die Schule geschwänzt habe. Ich bin immer brav hingegangen. Auf einem Flohmarkt habe ich einmal ein Buch über Filmkunst gekauft, geschrieben Mitte der Sechziger, und darin las ich etwas über den Film *Sie küssten und sie schlugen ihn.* Da wuchs in mir der Wunsch, auch so ein ungezogenes Kind zu sein. Ich wollte Schule schwänzen und aus Erziehungsheimen ausbrechen. Ich habe dann auch Huck Finn gelesen. Ich wollte von zu Hause weglaufen. Aber ich hab's nie getan. Ich war ein guter Junge, hab auf meine Eltern gehört. Ich habe sie geliebt und wollte sie nicht enttäuschen. Ich hätte ihnen das nie angetan. Aber es drängt mich immer noch, eines Tages auszubüxen.

Dr. Mustafa Mahboob ist immer noch in Beckley. Er nimmt auch weiterhin neue Patienten an. Man kann ihn im Telefonbuch finden und einen Termin für eine psychiatrische Behandlung vereinbaren. Vielleicht hilft es, mit jemandem zu sprechen.

Lee Brown. Einige Geschichten über ihn habe ich aus dem Buch entfernt, aber wollte sie dann nachträglich wieder einfügen. Aber hab's dann doch nicht getan. Falls einer von euch mir persönlich begegnet, kann er oder sie mich darauf ansprechen, und ich werde sie erzählen. Ich möchte, dass man sich an ihn erinnert.

Die Pit-Row-Tankstelle war gar nicht direkt neben unserer Wohnung. Man konnte sie auch nicht vom Fenster aus sehen. Aber ich habe die Geschichte jetzt so lange so erzählt, dass ich sie nicht mehr korrigieren kann. Geschichten können ganze Kontinente neu ordnen, wenn man sie lang genug erzählt. Steht sogar in der Bibel: Matthäus 15, Vers 6–7: »Wenn euer Glaube auch nur so groß ist wie ein Senfkorn oder eine Geschichte, dann werdet ihr diesen Berg oder auch diese Tankstelle versetzen können.«

Für Audiokassetten mit Aufnahmen unserer Scherzanrufe sollte man Sergeant First Class Charles Wayne Tiller in der Air Force Base in Oklahoma City, Oklahoma, kontaktieren. Als Teenager haben wir sie immer aufgenommen, und er besitzt die Kassetten. Das letzte Mal hab ich sie etwa vor fünf Jahren angehört. Einmal haben wir Jim Leyland und Tommy Lasorda angerufen. Wenn man damals die

Tickethotline der Pittsburgh Pirates anrief (1-800-Go-Bucs) und keine der Nummernoptionen auswählte, meldete sich irgendwann die Vermittlung. Und wenn man dann »clubhouse« sagte, wurde man ins Büro des Managers durchgestellt. Tommy Lasorda nannte Reinaldo tatsächlich eine »Schwuchtel«. Tommy Lasorda: offenbar homophob.

Als die Katastrophe im Bergwerk von Sago geschah, war ich nicht in der High School. Mein Abschluss war im Jahr 1996, und die Katastrophe geschah ein paar Jahre danach. Damals lebte ich im selben Haus, in dem ich heute lebe. Ich habe die ganze Woche lang College-Football-Pokalspiele angeschaut.

Inzwischen würde ich »Midget (Hund)« von der Liste derer, die ich geliebt habe, streichen. Ich habe den dummen Hund wirklich gehasst. Arlene Maguire und Tom Maguire haben auf der Liste auch nicht wirklich was verloren. Ich kann jetzt nachvollziehen, warum ihr euch habt scheiden lassen.

Ich bin nie von der Polizei verhört worden. Ich war etwa fünfzehn, als der Einbruch in die Schule passierte. Und außerdem wohnte ich nicht bei Bill Terry, sondern bei Phil Crookshanks. Bill Terry ist der, der eingebrochen ist, mit seinem Kumpel Alvin. Niemand weiß, wer damals wirklich in die Schublade der Direktorin geschissen hat.

Für Einzelheiten über den Mord kann man die Prozessakte von *The State of West Virginia vs. Bill Terry* studieren. Die sollte im Landesgericht von Greenbrier County, West Virginia, einsehbar sein. Auch auf LexisNexis müsste man sie finden können. Bill Terry war ein guter Junge. Er war schüchtern. Der schüchternste Mensch, den ich je gekannt habe. Und er hatte die hellblondesten Haare von allen meinen Bekannten.

Ich möchte noch einmal betonen, dass ich Mrs. Powell nie in diesem Buch hier hätte umbringen lassen, wenn sie ein bisschen netter zu ihren Schülern gewesen wäre.

Ich war Aushilfslehrer an der Schule, wo meine Mutter unterrichtete. Meine Mutter war Lehrerin von Beruf. Die Geschichte mit dem Mädchen, das nicht lesen konnte, ist ihr passiert, aber ich stand daneben, als es passierte. Wobei es kein Medaillon war, sondern ein paar Baseball-Sammelkarten und eine billige Halskette. Es waren auch nirgends Initialen drauf, aber das Mädchen sorgte sich dennoch, dass es der alten Frau, die von Bill ermordet worden war, gehört haben könnte. Ich sagte, sie sollte die Dinge behalten, und meine Mutter stimmte dem zu.

Die letzte Zeile über die Fackel des Lebens habe ich beim Dichter Lukrez abgeschrieben. Er ist seit vielen Jahrhunderten tot, aber dennoch am Leben.

Ich habe dieses Buch in vier verschiedenen Versionen geschrieben. Die erste stammt aus dem Jahr 2000. Damals hieß das Manuskript *Grandma Ruby's*. 2004 schrieb ich ein Buch namens *Phil Crookshanks*. 2006 dann eine Sammlung von Kurzgeschichten, die ich aus dem ursprünglichen Manuskript von *Phil Crookshanks* herausgelöst hatte. Im Jahr 2011 habe ich all diese Manuskripte zu einem einzigen zusammengefügt, das ich *Crapalachia* nannte. Ich möchte mich bei dem Buch für seine Freundschaft bedanken. Ich werde die Zeit in ihm vermissen. Und die vielen Erinnerungen.

Ich habe diesen Anhang während der letzten Woche von Sarahs Schwangerschaft geschrieben. Als ich ihn beendete, aß ich etwas von Kentucky Fried Chicken. Und als mein Sohn am 19. April 2012 geboren wurde, war ich gerade dabei, alles ins Reine zu schreiben. Heute ist der 21. April. Gestern, als wir mit Samuel vom Krankenhaus nach Hause kamen, hat seine große Schwester Iris ihm einen Kuss gegeben. Meine Frau schläft jetzt oben, Iris ebenfalls. Meine Schwiegermutter ist wach und passt auf Samuel auf. Sie sind alle im oberen Stockwerk. Und ich versuche, ein wenig Schlaf zu finden.

Dieses Buch ist eine Zeitmaschine. Die Worte, die ihr gelesen habt, gehören der Vergangenheit an. Die nächste Seite ist die Zukunft. Eure wunderschönen jungen Körper und eure wunderschönen jungen Gesichter sind die Gegenwart.

Die GEGENWART …

Genießt sie, solang sie andauert.

Ich möchte mich bei euch für eure Zeit bedanken, obwohl euch die Zeit gar nicht gehört.

Also lebt wohl, meine alten Freunde. Lebt wohl.

William Boyd

»Eine perfekte Geschichte von Liebe und Wiedergutmachung.«
New York Times

978-3-453-42588-0